주용신 교육

시가선집

경지출판사

주용신(朱永新) 교육
시가 선집

초 판 1쇄　인쇄 2024년 09월 23일
초 판 1쇄　발행 2024년 09월 30일
발 행 인　김승일
디 자 인　김학현
출 판 사　경지출판사
출판등록　제 2015-000026호

ISBN 979-11-90159-61-6 (02800)

판매 및 공급처　경지출판사

주소 : 서울시 도봉구 도봉로117길 5-14　**Tel :** 02-992-7472

홈페이지 : https://www.sixshop.com/Kyungji/home

※ 이 도서의 국립중앙도서관 출판사 도서목록(CIP)은 서지정보유통지원시스템 홈페이지
　(http://seoji.nl.go.kr)와 국가자료공동목록시스템에서 이용하실 수 있습니다.

주용신(朱永新) 교육 시가 선집

시가 선집

교육은 한 수의 시
- 교육하는 행복을 노래하다 -

경지출판사
Korea Western China

머리말

주용신(朱永新)의 교육 시가(詩歌) 선집《교육은 한 수의 시 - 교육의 즐거움을 노래하다》한국어판이 한국의 독자들과 만날 수 있게 된 것을 저자인 나는 대단한 영광이라 생각한다.

이 책은 한국에서 출간된 14번째 나의 저서이자, 동시에 영어, 카자흐어, 튀르키에어, 네팔어, 한국어 등 모두 5개국 언어로 출판된 시가집이다.

2009년 10권으로 된《주용신 신교육 문집(朱永新 教育文集)》이 정식으로 출판되었는데, 이는 전북대학교 최영준(崔泳準) 교수(현재는 崔秾傳으로 개명)의 주도 하에 번역되었다. 그는 2014년에서 2018년까지 실시한 "두뇌 한국(Brain Korea)" 프로젝트를 기획한 학자로서 나를 초청하여 강연하도록 배려해주었고, 한국의 학교교육을 고찰할 수 있는 기회를 주었다. 팬데믹 기간임에도 그는 전적으로 나를 그의 박사과정 학생들 학위논문 심사위원이 되게 하여 학생들을 지도하게까지 해주었다. 이로 인해 나는 그와 깊은 우의를 나누게 되었고 좋은 친구가 되었다.

2014년부터 2018년까지 나의《신교육강연록(新教育讲演录)》《'한 · 중 · 영 대조' 주용신 교육소어('韓中英對照' 朱永新教育小语)》《진정한 교육이란 무엇인가? - 중국 교육의 대가 주용신이 말하는 교육잠언(真教育是什么？ - 中国教育大家朱永新说的教育箴言》등 3권이 한국 경지출판사에서 출판되었고, 이 책을 포함하여 4권의 책 모두가 김승일 선생에 의해 번역되었다.

김승일 선생은 한국 동아시아미래연구원 원장이면서 동시에 번역가와 출판인으로서 중국에서도 유명하다. 그는 한 · 중 · 일 · 영어에 정통하며, 중국과 일본에서 연구저작물을 출간했다. 이를 통해 그는 한중 독자들 간의 교량 역할을 하여 중국문화를 전파하는데 많은 공헌을 해오고 있다.

그가 번역하여 출간한 책으로는《마오쩌동선집(毛泽东选集)》《덩샤오핑문선(邓小平文选)》《주룽지강화실록(朱镕基讲话实录)》《중한관계사(中韩关系史)》《중국의 꿈(中国梦)》등 200여 종이 있다. 이러한 활약으로 2012년 중국정부로부터 '중화도서특수공헌상'을 수여받는 영예를 누리기도 했다. 특히 중국

문자에 대해 정확하고 심도 있게 파악하는 능력을 갖춤으로 해서 중국의 정치, 경제, 문화 등에 대해 깊이 이해하고, 또한 친구에 대해 깊은 정을 가슴에 담고 있는 그의 품성을 나는 매우 좋아한다. 우리는 이전에 이미 여러 차례 깊은 대화를 나누기는 했지만, 너무 늦은 만남을 유감스럽게 생각하고 있기에 앞으로 더욱 많은 만남의 기회를 갖고자 한다.

김승일 선생이 사장으로 있는 '경지출판사'라는 아름다운 이름은 나로 하여금 출판의 중요성을 재삼 각성케 하곤 한다. 중국에는 유명한 한 쌍의 대련(對聯) 글귀가 있다. 바로 "일하며 공부하는 집안은 시와 서(書)가 오랜 세월동안 전승되어 지는 것처럼 오래도록 쇠망하지 않는다(耕读传家久, 诗书继世长)"는 말이다. '경(耕)'은 "쟁기로 밭을 간다" 혹은 "열심히 일하며 경작한다"라는 의미를 갖고 있다. 오로지 열심히 근면하게 일 해야만 비로소 의식(衣食)을 풍족하게 할 수 있다는 말이다. '지(智)'는 "지식" 혹은 "지혜"를 뜻하는데, "지혜가 있어야 비로소 힘이 있을 수 있고, 창조할 수 있는 능력이 있게 된다"는 말이다. 나의 《작은 언어(小語)》인 이 책이 이런 경지출판사에서 출간될 수 있도록 배려해준 김승일 사장의 식견과 지지에 재삼 감사를 드린다.

이 책은 교육 시집이다. 나는 시인도 아니고, 문학가도 아닌 단지 교육에 관한 일을 하는 사람일 뿐이다. 그러나 이 책의 서명에서도 알 수 있듯이 나는 줄곧 교육의 본신이 한 수(首)의 시와 같다고 생각하고 있다. 만일 시인과 같은 열정으로 교육을 창조하지 않고, 시인과 같은 청춘의 넘치는 열정으로 교육에 임하지 않으면, 우수한 교사는 될 수 없다는 것이 나의 신조이다. 동시에 나는 줄곧 좋은 교육이념과 교육사상을 전파해야 하고, 낭랑하게 읽어 대는 문자를 통해 추상적 이론을 구상화시켜야 하며, 오묘한 관점을 통속화시켜야 한다고 주장해 왔다.

교육적 이론은 오로지 일선에 있는 선생님과 부모가 책임을 져야 진정한 도구가 될 수 있어, 현실적으로 교육의 생산력을 높일 수가 있다. 이를 위해 이 책의 많은 시가들은 작곡가에게 의뢰해 악보를 만들었고, 중국에서 널리 불려 지게 하고 있다. 이를 위해 중국 인민교육출판사에서는《석자교단(三尺讲台)》이라는 제목의 CD전집을 만들었다. 이번에 출간되는 한국어판에는 매 시가 위쪽에 QR코드를 인쇄해 놓고 있어, 흥미가 있는 한국친구들은 이를 클릭하여 들었으면 하는 바람이다.

끝으로 나의 교육적 사고가 한국의 일반대중과 학

교 및 교사, 그리고 부모들의 생활에까지 다가갈 수 있도록 배려해준 김승일 선생과 경지출판사에 감사를 드린다.

2024년 6월 21일

베이징의 디스재(滴石斋)에서

쓰다

목 차

주용신 교육

시가 선집

새로운 아이

새로운 하루,
새로운 아이가 한명 있습니다.
새 가방을 메고,
신선한 공기를 마시며,
새로운 교실에 들어섭니다.

새로운 친구들,
모두가 활발하고 귀엽습니다.
새로운 선생님들
모두가 엄마 아빠처럼 친절합니다
학교는 집처럼 포근합니다.

새로운 교실에서
새로운 수업이 시작되고
한 수 한 수의 아름다운 시와 노래로
새로운 생명을 노래하며
새로운 하루를 열어갑니다.

新孩子

新新的一天,
有一个新新的孩子,
背起新新的书包,
呼吸着新新的空气,
走进新新的教室.

新新的伙伴,
都是那么活泼可爱,
新新的老师,
都像爸爸妈妈亲切,
学校像家一样温暖.

新新的课堂,
开启新新的晨诵,
一首首美丽的诗歌,
擦亮了新新的日子,
让新新的生命歌唱.

많은 새로운 세월이 흐르고 나면,
새로운 아이들은 새로운 지식을 익히고
새로운 수많은 커리큘럼을 거쳐
새로운 아이들은 새로운 능력을 가지며
새로운 아이들은 새로운 세계의
신기함을 발견합니다.

아! 새로운 아이들아!
나는 너희들의 몸에서 드디어 찾아냈다—
정치에는 이상이 있어야 하고
재물에는 땀방울이 스며있어야 하며
과학에는 인간성이 들어있어야 하고
향락에는 도덕성을 지켜야 한다는 것을

아! 새로운 아이들아!
나는 너희들의 몸에서 드디어 보았다 —
하나의 새로운 중국을
하나의 새로운 미래를
하나의 새로운 세계를

经过了许多新新的岁月，
新新的孩子增添了新新的知识，
穿越了许多新新的课程，
新新的孩子拥有了新新的力量，
新新的孩子发现了新新世界的神奇.

哦，新新的孩子
在你们的身上，我终于看见——
政治是有理想的
财富是有汗水的
科学是有人性的
享乐是有道德的

哦，新新的孩子
在你们身上，我终于看见——
一个新新的中国
一个新新的未来
一个新新的世界

석자 교단

그리 너르지 않은 장소에
석 자 교단이 놓여있네,
나의 영혼이 놓여있네.
그리 너르지 않은 장소에
아이들이 모여 있네,
나의 꿈이 모여 있네.

이 항구1)를 떠나면
먼 곳에 다다를 수 있다네.
이때부터 나는 한눈을 팔수가 없지요,
꿈을 펼치기 위해서요.

---

1) 항구 : 석자 교단을 지칭함.

三尺讲台

一个不大的地方，
安放了三尺讲台，
也就安放了我的灵魂。
一个不大的地方，
聚集了一群孩子，
也就聚集了我的梦想.

从这个港湾出发，
可以抵达遥远的地方。
从此我心无旁骛，
为了梦想飞翔.

소소한 소망

나는 다만
자그마한 사과 한 알 가지고 싶었는데
당신은 과수원을 통째로 주었습니다.

나는 다만
흰 구름 한 송이를 가지고 싶었는데
당신은 하늘을 다 주었습니다.

나는 다만
조그마한 터전을 가지고 싶었는데
당신은 온 세상을 주었습니다.

삶이 나에게 이렇듯 관대하니
생명이 나에게 이렇듯 후한 선물을 주니
나의 소소한 소망에는
크나큰 꿈이 생겼습니다.

小小的心眼

本来我只想
要一个小小的苹果
你却给我了整个的果园

本来我只想
要一朵白色的云彩
你却给了我整个的天空

本来我只想
要一方半亩的土地
你却给了我整个的世界

生活对我如此慷慨
生命对我如此馈赠
一个小小的心眼
从此有了一个大大的梦想

삶이 나에게 이렇듯 관대하니
삶이 나에게 이렇듯 후한 선물을 주니
소소하던 나의 소망에도
모든 생령(生靈)이 온전하고 행복하기를
바라는 마음이 생겼습니다.

교육의 행복을 누릴 줄 알아야
삶에 대한 시적 의미가 보태져
평범함에서 위대함을 맛볼 수 있고
좌절 가운데서도 성취감을
음미할 수 있습니다

또한 모든 어린이들의 표정을 읽을 수 있고
그들의 마음을 이해할 수 있습니다

그때부터 당신은 행복이 넘실거리는
경이로운 발견을 할 수 있을 겁니다

生活对我如此慷慨

生命对我如此馈赠

一个小小的心眼

让所有的生命幸福完整

교육은 한 수의 시

교육은 한 수의 시
그 제목은 '청춘'
조급하고 불안한 영혼 속
하나의 젊은 꿈

교육은 한 수의 시
그 제목은 '격정'
부드러운 봄바람이 부는 교실에
피어나는 영원한 미소

교육은 한 수의 시
그 제목은 뜨거운 '사랑'
아이들의 눈동자마다에 어린
어머니의 마음

教育是一首诗

教育是一首诗
诗的名字叫青春
在躁动不安的灵魂里
有一个年轻的梦

教育是一首诗
诗的名字叫激情
在春风化雨的课堂里
有一脸永恒的笑

教育是一首诗
诗的名字叫热爱
在每个孩子的瞳孔里
有一颗母亲的心

교육은 한 수의 시
그 제목은 '창조'
지식 탐구의 수풀에 나부끼는
한 폭의 개성적인 깃발

교육은 한 수의 시
그 제목은 '지혜'
문제가 가득 적힌 시험지에
답안을 밝히려는 한 쌍의 눈

교육은 한 수의 시
그 제목은 '미래'
문명을 이어나가는 기나긴 강에
물결을 가르는 한 척의 배

教育是一首诗
诗的名字叫创造
在探索求知的丛林里
有一面个性的旗

教育是一首诗
诗的名字叫智慧
在写满问题的试卷里
有一双发现的眼

教育是一首诗
诗的名字叫未来
在传承文明的长河里
有一条破浪的船

신교육의 씨앗

나는 한 톨의 씨앗입니다
한 톨의 신교육의 씨앗입니다
나는 이상과 격정이 서둘러 피운 꽃에서
생겨났습니다
나는 어떠한 토양에 내려앉을지를
선택할 수가 없습니다
— 비옥하든 척박하든
북방이든 남방이든
얼마나 깊이 묻히든
흙을 뚫고
밝은 쪽으로 자라나렵니다

나는 한 톨의 씨앗입니다
한 톨의 신교육 씨앗입니다
나는 신념과 강인함이 낳고 기른 열매입니다
나는 쳐다보고 있는
하늘을 선택할 수가 없습니다
— 맑은 하늘이든 흐린 하늘이든
푸른 하늘이든 시뿌연 하늘이든

新教育的种子

我是一粒种子
一粒新教育的种子
我来自理想与激情催开的花儿
我无法选择我落到怎样的土壤
——富饶还是贫瘠，北国还是南方
无论把我埋得多深，我终将穿越泥土
向着明亮的那方

我是一粒种子
一粒新教育的种子
我是信念和坚韧孕育的果儿
我无法选择我面对的天空
——晴朗还是阴霾，湛蓝还是灰蒙
无论暴雨风霜，我早已对岁月承诺

폭우가 쏟아지든 바람이 불든
서리가 내리든 진작부터 세월과 약속했습니다
나의 생명을 활짝 꽃피우겠다고 말입니다

나는 한 톨의 씨앗입니다
한 톨의 신교육 씨앗입니다
한번 화사하게 활짝 피어나기 위해서는
반드시 평생 동안 수련하면서
수양을 쌓아야 합니다
— 토지의 자양분을 흡수하고
태양의 빛에 미역을 감습니다
겨울이 얼마나 길든
풀이 자라고 꾀꼬리 날아예는 봄날이
진작 나의 가슴에 깃들어있습니다

나는 한 톨의 씨앗입니다
한 톨의 신교육 씨앗입니다
나는 전생과 현생이라는 윤회를
수없이 겪었습니다

无论暴雨风霜，我早已对岁月承诺
让自己的生命绽放

我是一粒种子
一粒新教育的种子
为了那一次灿烂地绽放
我必须用一生的修行来涵养
——吸取土地的养料，抚摸太阳的光芒
无论冬季多么漫长，草长莺飞的春天
早已藏在我的心房

我是一粒种子
一粒新教育的种子
我有无数次前世今生的轮回

하지만 나는 지금의 힘을
가장 중요시 합니다
— 과거를 토양 삼아 오늘의 향기를
길어 올립니다
어떠한 어려움에 봉착하든
나는 스스로 굳게 믿습니다
싱그러운 향기를 날로 더 풍기리라는 것을

但是我最看重当下的力量
——曾经化为淤泥，换来今日芳香
无论遭遇什么，我都坚信自己
一次比一次芬芳

꿈을 좇는 사람들

교육이라는 하늘 아래에
꿈을 좇는
한 무리의 이러한 사람들이 있습니다
애버트솔미학교[2]를 창설한 레디
도모에학원[3]의 기적을 이루어낸
고바야시 소사쿠(小林宗作)
지금까지도 쇠퇴를 모르는 몬테소리[4]

---

2) 애버트솔미(ABBOTSHOLME, 阿博茨霍爾姆)학교 : 영국의 유명한
   신교육 학교로 교육가 세실 레디(Cecil Reddie) 박사가 1889년에 창
   립하였다. 그는 이해와 행동이 학습의 목표이지 무턱대고 외우고
   기계적으로 암송하는 지식이 아니라고 주장했다. 그는 특히 소질을
   종합하고 종신토록 학습하여 사회에 대한 책임을 다할 것을 주장했
   던 유럽 신교육운동의 발기인이었다.
3) 토모에가쿠엔(トモエ学園) : 도쿄부 메구로구 지유가오카에 소재했
   던 사립 유치원·소학교(구제)로, 리드믹 교육을 일본에서 처음으로
   실천적으로 도입한 학교이다. 본교 출신인 쿠로야나기 테츠코가 저
   술한 유년기 회고록 『창가의 토토』를 통해 이름이 전국적으로 알려
   졌다
4) 몬테소리(Montessori) : 이탈리아의 교육가(1870~1952). 아동의 자
   발성을 존중하며, 감각 기관의 훈련을 위한 놀이 기구 사용을 중시
   하는 몬테소리식 교육을 창안함으로써 유아 교육의 개혁과 체계화
   에 공헌하였다.

追梦人

在那片教育的天空下
有这样一群
追寻梦想的人

那创办阿博兹海姆学校的雷迪
那书写巴学园奇迹的小林宗作

교육은 곧 삶이라는 이념을
고수하고 있는 듀이[5] 시카고 실험학교

그들 모두 공통된 이름이 있으니
바로 신교육입니다

이 유구한 역사를 가지고 있는 대지에
이상을 심는
한 무리의 이러한 사람들이 있습니다
물통이나 걸레를 든 자원봉사자들
시와 노래로 새로운 하루를 열어가는
교사와 학생들
원망이나 포기를 모르고 교실에서 한 인생을

---

5) 존 듀이(John Dewey, 1859~1952) : 실용주의 철학학파의 창시자
   가운데 한 사람으로, 기능심리학의 선구자이며 미국의 진보적 교
   육운동의 대표자이다. 독서열로 가득 찬 버몬트대학교 시절을 보
   냈으며, 1882년 존스홉킨스대학교에 입학해 신헤겔주의의 대표적
   인물인 모리스에게 영향을 받았다. 1884년 존스홉킨스대학교에서
   철학박사학위를 받은 뒤 미시간대학교에서 철학과 심리학을 강의
   했다.

那迄今不衰的蒙台梭利儿童之家
那坚守教育即生活的杜威芝加哥实验学校

他们都有一个共同的名字——
新教育

在这片古老的大地上
有这样一群
播种理想的人
那拎着水桶和抹布的擦星族
那用诗歌开启新的一天的老师和孩子们
那不抱怨不放弃让生命在教室开花的人
那坚信"只要上路，
就会遇到庆典"的"犟龟"们

꽃피우는 사람들
"시작이 반"임을 굳게 믿는 '고집쟁이'들

그들 역시 공통된 이름이 있으니 바로
신교육입니다

신교육은
꿈을 좇는 사람들의 이름입니다
꿈을 좇는 사람은
신교육을 지향하는 사람들의 성씨입니다

그들은 확신합니다
변화는 열독(熱讀)으로부터 시작된다는 것을
그들은 교사와 학생들의 잠재력을 한없이 믿습니다
인류의 숭고한 정신과 대화할 수 있는
학생들에게 평생 쓸모 있는 것을
가르쳐줄 수 있다는 것을

那坚信"只要上路，
就会遇到庆典"的"犟龟"们

他们也有一个共同的名字——
新教育

新教育
是追梦人的名字
追梦人
是新教育人的姓氏

他们坚信
改变从阅读开始
无限相信师生的潜力
与人类崇高精神对话
教给学生一生有用的东西

그들은 노력합니다
교사들의 걸음걸이를 바꾸어 놓으려고
학생들의 생존 상태를 바꾸어 놓으려고
학교의 발전모델을 바꾸어 놓으려고
교육 과학연구의 패러다임을 바꾸어
놓으려고

그들은 언제나 외롭지 않을 것입니다
'사이즈가 같은 사람들' 은
만난다고 구태여 아는 사이일 필요는 없다고
먼 곳에 떨어져 있어도 꿈을 좇는
사람들이라는 것을 알고 있기 때문입니다

그들은 영원히 걸음을 멈추지 않을 것입니다
실천해야 결실을 거둘 수 있고
견지해야 기적이 생길 수 있다는 믿음이
그들의 깃발에 쓰여 있기 때문입니다

他们努力
改变教师的行走方式
改变学生的生存状态
改变学校的发展模式
改变教育科研的范式

他们永远不会孤单
因为那些"尺码相同的人"知道
相逢何必曾相识
同是天涯追梦人

他们永远不会停步
因为行动就有收获
坚持才有奇迹
早已经写上他们的旗帜

신교육이라는
꿈을 좇는 사람이라는
이 소박한 말
이 신기한 씨앗
이 영원한 기대
이 미래의 발자취
……

新教育

追梦人

这个朴素的词语

这粒神奇的种子

这份久远的期盼

这串未来的足迹

......

교실은 나의 집입니다

교실은 나의 집입니다
별로 너르지 않는 장소에
석 자 교단이 놓여있습니다
나의 영혼이 놓여있습니다
이 항구를 떠나면 먼 곳에 이를 수 있습니다

교실은 나의 집입니다
그리 넓지 않는 장소에
아이들이 모여 있습니다
나의 꿈이 모여 있습니다
이때부터 나는 한눈을 팔 수 없습니다
꿈을 펼치기 위해서입니다

교실은 나의 집입니다
그리 너르지 않는 장소에
나는 씨앗을 심습니다
내일의 희망을 심습니다
그 생명의 꽃들은 봄이 되면 피어납니다

教室，我的家园

教室，我的家园
一个不大的地方
安放了三尺讲台
也就安放了我的灵魂
从这个港湾出发，可以抵达遥远的地方

教室，我的家园
一个不大的地方
聚集了一群孩子
也就聚集了我的梦想
从此我心无旁骛，为了梦想飞翔

教室，我的家园
一个不大的地方
我在这里播下种子
也就播下了明天的希望
那些生命的花儿，将在春天里绽放

교실은 나의 집입니다
그리 넓지 않는 장소에서
나는 낮은 소리로 노래를 부릅니다
'하늘 천(天)' '땅 지(地)'를 흥얼거립니다
영웅과 성현들의 목소리가 노래에
울려 퍼집니다

教室，我的家园
一个不大的地方
我在这里轻吟低唱
唱的却是一曲天地玄黄宇宙洪荒
英雄和圣贤的声音，在歌声中回响

교육하는 행복을
누릴 수 있어야

삶은 교육입니다
교육은 삶입니다
삶은 교육을 떠날 수 없고
교육은 새로운 삶을 창조합니다

삶을 어떻게 이해하느냐에 따라
어떠한 삶이 차려지고
교육을 어떻게 이해하느냐에 따라
어떠한 교육이 차려집니다

당신의 눈에 광채가 돌지 않으면
당신의 삶이 다채로워질 수 없고
당신의 마음속에 햇빛이 없으면
당신의 교육은 빛을 발할 수 없습니다

享受着教育的幸福

生活就是教育
教育就是生活
生活离不开教育
教育创造新生活

你如何理解生活
你就将拥有怎样的生活
你如何理解教育
你就将拥有怎样的教育

你的眼里没有色彩
你的生活就不会缤纷
你的心里没有阳光
你的教育就不会辉煌

누군가는 미소를 지으며 새날을 포옹한다면
누군가는 번뇌에 잠겨 아름다운 희망마저
손사래를 칩니다
거절은 거절을 낳고 포용은 포용을 낳습니다
당신의 모든 것이 사실 스스로가
빚어낸 것입니다

한 가지 태도가 있는데
향수(享受)6)라고 부릅니다
한 가지 느낌이 있는데 행복이라고 부릅니다
미소를 지을 줄 알아야
삶을 누릴 수 있습니다
즐거움을 심을 줄 알아야 행복을 거둘 수 있습니다

---

6) 향수 : 중국어에서의 의미는 (물질 또는 정신적으로) 만족을 느끼다,
   누리다, 즐기다의 의미

有人面带微笑拥抱每一轮新的太阳
有人心怀烦恼拒绝每一个美的希望
拒绝会换得拒绝，拥抱会赢来拥抱
你的一切实际上都是自己酿造

有一种态度叫享受
有一种感觉叫幸福
学会面带微笑才能享受生活
懂得播种快乐才能收获幸福

사랑하는 교사들이여!
아이들의 마음속에 햇살이 가득 차도록
미소를 지읍시다
학생들의 앞날이 더욱 눈부시도록
즐거움을 심어줍시다
우리 역시 미소와 즐거움을
자기 마음속에 가득 채웁시다

교육의 행복을 누릴 줄 알아야
한 쌍의 예리한 눈이 더 생겨
모든 아이들이 잠재력을 분출하고
모든 아이들이 개성을 뽐내도록
할 수 있습니다
당신 또한 비상할 수 있는
날개를 가질 수 있습니다

교육의 행복을 누릴 줄 알아야
즐거움이 더해져 매번의
좌절을 한차례의 시련으로 여길 수 있습니다
매번의 어려움을 단련으로 여길 수 있습니다
그때마다 시시각각 꽃이 피는 소리를
들을 수 있을 것입니다

那么，亲爱的老师
让我们面带微笑，
让孩子的心田充满阳光
让我们播种快乐，
让学生的明天更加辉煌
让我们，
也把微笑和快乐贮满自己的心房

享受着教育幸福，
你就多了一双发现的眼睛
每一个孩子的潜能就会激情迸射
每一个孩子的个性就会轻舞飞扬
而你，也就如同插上了飞翔的翅膀

享受着教育幸福，
你就多了一份快乐的心情
你会把每一个挫折看成是考验
你会把每一种困难看成是磨炼
你时时刻刻都会听到花开的声音

교육의 행복을 누릴 줄 알아야
창조적 열정이 생기며
모든 수업을 멋지게 풀어나갈 수 있습니다
한 마디 한 마디 말을 치밀하게
구사할 수 있습니다
학교를 교육의 꿈을 추구하는
훌륭한 작업장으로 만들 수 있습니다

교육의 행복을 누릴 줄 알아야
삶에 시적 의미가 보태져
평범함에서 위대함을, 좌절 가운데서
성취감을 맛볼 수 있습니다
모든 어린이들의 표정을 읽고 그들의
마음을 이해할 수 있습니다
그때부터 당신은 행복이 넘실거림을
경이롭게 발견할 수 있습니다

享受着教育幸福，
你就多了一股创造的激情
你会把每一堂课精彩地演绎
你会把每一句话精心地锻造
你会把校园变成追求卓越的教育梦工场

享受着教育幸福，
你就多了一种生活的诗意
你能从平凡中品味出伟大，
从失败中咀嚼出成就
你能读懂每一个孩子的脸庞，
走进每一个孩子的心房
你会惊奇地发现：幸福从此熙熙攘攘

교육의 길에서

나는 행자(行者)입니다
발걸음도 가볍고 날쌔게
교육의 길을 가고 있습니다
나의 얼굴에는 미소를 띤 채
마음속으로는 햇빛이 가득 차 넘칩니다
배낭에는 교육을 위한
모든 것이 들어있습니다,
이상, 지혜, 열정, 시정(詩情) 그리고 능력이

나는 행자입니다
별을 이고 나갔다 달을 지고 돌아오는
교육의 길을 가고 있습니다
나는 나아갈 방향을 잡고
다음 스케줄을 짭니다
중국의 교육은 무엇이 부족한가?
의무교육의 비용은 누가 지불하는가?
사립학교의 길은 어디에 있는가?

走在教育的路上

我是一个行者
步履轻盈，在教育的路上
我的脸上带着笑容
我的心中充满阳光
我的行囊中为教育准备了一切
理想、智慧、激情、诗意和力量

我是一个行者
披星戴月，在教育的路上
我计划着行程，思考着方向
中国教育缺什么
义务教育谁买单
民办教育路何方

나는 행자입니다
산을 넘고 물을 건너며
교육의 길을 가고 있습니다
나의 사명은 탐색하고 발견하는 것입니다
인적이 드문 곳에서 풍경을 찾아보고
평범한 세월에 봄빛이 넘쳐나게 하려고
몸과 마음을 다 태웁니다

나는 행자입니다
종종걸음으로
교육의 길을 가고 있습니다
조국의 방방곡곡을 두루 돌아다니며
초여름에 단비가 내리면
뻐꾸기처럼 경작하라고 재촉도 하고
잡초가 우거진 소택(沼澤)에서
두견이처럼 구슬피 울기도 하며
필묵 향이 넘쳐나는 날에는
종다리처럼 즐겁게 노래를 부릅니다

我是一个行者
跋山涉水，在教育的路上
我的使命是探索，是发现
在人迹罕至的地方寻找风景
我用生命去融化，去燃烧
使平凡流逝的岁月充满春光

我是一个行者
行色匆匆，在教育的路上
我走遍了祖国的天涯海角、四面八方
似布谷，在孟夏望田惜雨时劝耕催种
如杜鹃，于沧桑荒芜沼泽里珠泣哀鸣
像云雀，喜翰墨香满华夏日开心歌唱

나는 행자입니다
밤낮을 가리지 않고
교육의 길을 가고 있습니다
교육 명소를 두루 찾아보고
세기(世紀)의 풍광을 마음껏 구경한 후
여행기를 어머니에게 바치려 합니다
행복을 나의 천당에 녹아들게 하렵니다
반만년의 문명이 다시 찬란해지리라
확신합니다

我是一个行者
日夜兼程，在教育的路上
遍访教育名胜，饱览世纪风光
我要把游记献给我的母亲
我要把幸福融进我的天堂
我相信，
五千年的文明一定会再度辉煌

교육의 이상과 이상적인 교육

교육은 인재를 양성하는
숭고하고 성스러운 일입니다
교육의 사명은 무지한 사람을
예지(睿智)[7]로운 사람으로
유치한 사람을 성숙한 사람으로 만드는 일입니다
교육의 최고 경지는 자기교육의
삶을 살게 하는 것입니다
교육은 사심 없는 공헌을 할 수 있는
격정이 필요합니다
교육은 넘쳐흐르는 낭만적 정서와 같은
시정(詩情)이 필요합니다
교육은 순간순간의 기회를 포착할 수 있는
기지(機智)가 필요합니다
교육은 젊은 마음으로 씩씩하게
일할 수 있는 활력이 필요합니다
교육은 끈질기게 추구하고 끊임없이
탐구하는 항심(恒心)이 필요합니다
격정, 시정, 기지, 활력, 항심이 샘솟는 원천은 숭고
한 이상입니다

---

7) 예지(睿智) : 마음이 밝고 생각이 뛰어나게 지혜로움.

教育的理想与理想的教育

教育的理想与理想的教育

教育是神圣而崇高的，教育是育人的事业

教育的使命让人从无知走向睿智，从幼稚走向成熟

教育的最高境界是养成自我教育的人生

教育需要激情，需要全身心投入与无私奉献

教育需要诗意，需要洋溢着浪漫主义的情怀

教育需要机智，需要把握每一个转瞬即逝的机遇

教育需要活力，需要以年轻的心跳昂奋地工作

教育需要恒心，需要毫不懈怠地追求与持久探索

激情、诗意、机智、活力、

恒心的源头活水是崇高理想

이상(이념) 또한 성스럽고 숭고합니다
이상은 행동의 원동력입니다
이상은 인간과 동물의 경계입니다
이상은 인간을 만물의 영장으로 만듭니다
이상은 위대함과 평범함의 경계선입니다
이상은 사람을 남다르게 만듭니다
이상은 격정을 낳고, 격정은
이상의 주선율을 낭랑하고 힘차게 만듭니다
이상은 시정을 낳고, 시정은
이상의 팔레트를 빛나게 만듭니다
이상은 기지를 낳고, 기지는 추구하는
이상을 지혜로운 미감이 넘쳐나게 합니다
이상은 활력을 낳고, 활력은
이상을 실현하는 원천을 가지게 합니다
이상은 항심(恒心)[8]을 낳고, 항심은
이상을 탐색하는 과정을 즐겁게 만듭니다
격정, 시의(詩意), 기지, 활력, 항심은
이상을 아름다운 현실로 만듭니다

교육은 이상이 있으므로 뚜렷한
목표와 뜨거운 열정을 가질 수 있습니다
도시사람이든 시골사람이든
부귀한 사람이든 빈천한 사람이든,
총명한 사람이든 우둔한 사람이든

---

[8] 항심(恒心) : 내가 먹은 마음을 변치 않고 지속적으로 유지하는 힘

理想也是神圣而崇高的，理想是行为的动力
理想是人与动物的界限，
理想使人成为世间万物之灵
理想是伟大与平庸的分野，理想使人与众不同
理想产生激情，激情使理想的主旋律铿锵有力
理想产生诗意，诗意使理想的调色板光彩照人
理想产生机智，机智使理想的追求充满智慧的美感
理想产生活力，活力使理想的实现拥有了源泉
理想产生恒心，恒心使理想的探索成为快乐的进程
激情、诗意、机智、活力、
恒心使理想变为美好的现实

教育因为有了理想而更有激情，更有目标
教育的理想是为了一切的人
无论是城市的还是乡村的
富贵的还是贫贱的，聪慧的还是笨拙的

교육은 모든 사람을 위하는 것을 이상으로 합니다
생리적이든 심리적이든
지식이든 도덕적 품성이든,
지력(智力)이든 정감이든
교육은 개인의 균형발전을 위하는 것을
이상으로 합니다
이상이라는 찬란한 햇불은
교육을 통하여 후대들에게 전해집니다

이상적인 교육은 개인이 잠재 능력을
발휘하게 하는 것입니다
학생마다 희망의 돛을 올릴 수 있고
교사마다 교육의 재미를 깨달으며
학부모마다 성공의 회열을 맛보게 하는 것입니다
이상적 교육은 민족에 이익이 되는 복지입니다
사람마다 어릴 적부터 늙을 때까지
교육을 받을 수 있고
사람마다 지구촌 절경을 구경할 수 있으며
사람마다 평생 동안 편안하고
평화로운 환경에서 살게 하는 것입니다

교육은 지속적인 현대화를 이상으로 합니다
현대적 이념을 도입하고 기술을 도입하며
온라인교육이라는 무한한 풍광을

教育的理想是为了人的一切
无论是生理的还是心理的，
品德的还是知识的，智力的还是情感的
理想因为有了教育而薪火相传，色彩斑斓

理想的教育是个人潜能的发挥
让每一个学生扬起希望的风帆
让每一个教师领略教育的趣味
让每一个父母享受成功的喜悦
理想的教育是民族利益的福祉
让每个人接受从生到老的全程教育
让每个人体验到地球村的绝景佳色
让每个人生活在宁静与和平的永恒时空

教育的理想要坚持面向现代化
引入现代观念和技术，领略网络教育的无限风光
教育的理想要坚持面向世界

맛보게 하는 것입니다
교육은 지속적인 세계화를 이상으로 합니다
세계화 교육이라는 큰 물결에 뛰어들어
교육의 세계화라는 맥박과 함께 약동해야 합니다
교육은 지속적인 미래화를 이상으로 합니다
지구촌 구석구석의 정보를 포착하고
신세기의 아침 햇살을 맞이해야 합니다
이상적인 교육은 여론의 지지가 따라야 합니다
전 사회가 교사를 존경하고 교육을 중시하며
이를 이해하고 지지하는 분위기를 조성해야 합니다
이상적인 교육은 경비가 따라야 합니다
지속 가능한 성장을 에스코트하려면
경비를 합리적으로 활용하고
앞서가는 성장세를 확실히 보장해야 합니다
이상적인 교육은 법적인 보장이 따라야 합니다
제대로 된 교육법 시스템을 구축하여
교육의 양호한 법제 환경을 조성해야 합니다
이상적인 교육은 지도적 과학 연구가 따라야 합니다
의사결정 기능과 해석 기능, 비판 기능과
영향권 기능을 발휘하여
과학적 궤도에 들어서게 해야 합니다

신세기 첫 햇살이 비출 때
우리는 교육을 근심하고 걱정하는
위기감이 필요합니다

融入世界教育的大潮，与世界教育的脉搏一起跳动
教育的理想要坚持面向未来
捕捉地球上每个角落的信息，迎接新世纪的晨曦
理想的教育要有舆论支持
营造一个全社会尊师重教、理解和支持教育的氛围
理想的教育要有经费投入
确保超前增长与合理使用，为可持续增长保驾护航
理想的教育要有立法保障
建立完整的教育法体系，创造良好的教育法制环境
理想的教育要有科研指导
发挥决策、解释、批判和辐射功能，步入科学轨道

在新世纪第一缕阳光投来的时候
我们需要教育的危机感和忧患意识

미래를 근심하고 걱정하는 민족만이
분발하여 필사적으로 싸워 위기를
이겨내고 곤경에서 벗어날 수 있습니다
우리는 교육에 대한 자신감
그리고 숭고한 이상이 필요합니다
미래에 대한 숭고한 이상을 가진 민족만이
공포감과 절망감을 떨쳐버리고
희망찬 미래를 품을 수 있습니다
교육의 이상과 이상적 교육 모두 혁신이 필요합니다
혁신은 한 민족이 진보할 수 있는 영혼이며
국가가 강성할 수 있는 원동력이자
인재가 성장할 수 있는 유전자입니다

저는 교육의 이상이 중화민족을
새로운 악장을 연주하게 하리라 믿습니다
저는 이상적인 교육이 중화문명의
새로운 결실을 맺게 하리라 믿습니다

只有对未来有忧患意识的民族
才会奋力拼搏，战胜危机，摆脱和超越困境
我们需要教育的自信心和崇高理想
只有对未来有崇高理想的民族
才会消除恐惧，抛却悲观，乐观地拥抱未来
教育的理想与理想的教育都需要创新
创新是一个民族进步的灵魂
是国家强盛的动力，是人才成长的基因

我相信教育的理想一定会奏响中华民族新的乐章
我相信理想的教育一定会结出华夏文明新的硕果

교육은 사상이라는
빛이 필요합니다

교육은 사상이라는 빛이 필요합니다
경험의 늪에서 벗어나 맑은 정신으로
아침 해를 맞이해야 합니다
더는 낡은 교육의 배표(船票)를 가지고
지난 이야기를 되풀이해서는 안 됩니다
더는 낡은 교육의 악보를 가지고
케케묵은 곡조를 되풀이해서도 안 됩니다

교육은 사상이라는 빛이 필요합니다
다른 목소리에 귀를 기울이며 나아갈
길을 찾아보고
의사결정과정에 과학적 이념이
넘쳐나야 만이
정책이 지혜의 빛을 발산할 수 있습니다

교육은 사상이라는 빛이 필요합니다
선현들의 발자취를 더듬으며
대가들의 주옥편을 읽어보고

教育需要思想的光芒

教育需要思想的光芒
走出经验的泥沼，迎接理性的朝阳
再不能用一张教育的旧船票
不断重复昨天的故事
也不能把一张教育的旧乐谱
不停地老调重唱

教育需要思想的光芒
倾听不同的声音，研究发展的方向
使决策的过程充满科学的精神
政策就会闪烁着智慧的光亮

教育需要思想的光芒
追寻先贤的踪迹，阅读大师的华章
把人类的教育智慧储满自己的心房

인류가 이루어낸 교육의 지혜를
마음 한가득 담아야 만이
즐겁고 행복한 미소가 교사의
얼굴에 피어날 수 있습니다

교육은 사상이라는 빛이 필요합니다
민주적 이념으로 물들이고
과학적 사고방식으로 관리해야 만이
학교가 사생들이 재능을 충분히
드러낼 수 있는 낙원으로 될 수 있습니다
격앙된 《영웅》의 악장을 연주할 수 있습니다

교육은 사상이라는 빛이 필요합니다
익애(溺愛)9)나 방임, 욕이나 매가 아니라
아이들이 즐겁게 독서하며
행복하게 자라나게 해야 합니다
인생의 첫 항구에서 돛을 올리고
출발하게 해야 합니다

교육은 사상이라는 빛이 필요합니다
자유의 공기를 마시며 토론하고
논쟁하는 분위기를 제창해야 합니다

---

9) 익애 : 지나치게 사랑에 빠지는 것

幸福和快乐就会写在教师的面庞

教育需要思想的光芒
用民主理念浸润，用科学精神管理
校园就会成为师生彰显才华的天堂
学校就会演奏出激越高昂的《英雄》乐章

教育需要思想的光芒
抛弃溺爱与纵容，拒绝辱骂与棍棒
让家人在书香的熏陶下快乐地成长
让孩子从人生的第一个港湾扬帆起航

教育需要思想的光芒
呼吸自由的空气，倡导争鸣的风尚

실천을 이론화하고 이론을
실천화해야 합니다
참다운 교육자가 신세기에
참신한 모습으로 등장할 것입니다

让实践拥抱理论，让理论走出书房
真正的教育家一定会在新世纪闪亮登场

선현들의 발자취를 더듬으며

선현(선각자)들의 발자취를 더듬어
동서양의 교육 문화가 합류하던
근원지를 찾아다녀야 합니다
변화무쌍했던 투쟁의 흔적들, 침투하고
융합했던 족적들 속에서
나는 비바람 속에 피눈물을 흘리며 겪었던
선현들의 간난신고(艱難辛苦)10)를 체험합니다

나는 선현들의 발자취를 더듬어
산해공학단11) 옛터를 찾아 숙연히 서있습니다
타오싱즈(陶行知)의 "지행합일(知行合一)"
"애만천하(愛滿天下)"라는 유훈 앞에서

---

10) 간난신고 : 「몹시 고되고 어렵고 맵고 쓰다」는 뜻으로, 몹시 힘든
    고생(苦生)을 이르는 말.
11) 산해공학단(山海工學團) : 중국의 교육가, 학자, 사상가인 타오싱
    즈(陶行知, 1891 ~ 1946)가 1923년 학교를 사직한 뒤 농민과 전쟁
    고아 등을 구제하고 교육시키기 위해 생산교육의 실험학교를 개
    설하였는데, 이 실험학교가 산해공학단이다

追寻先贤的踪迹

追寻先贤的踪迹
流连于东西方教育文化交汇的源头
在沧桑变幻的争斗、渗透与融汇的印记里
我体味着先贤风雨血泪里的沉重和艰辛

追寻先贤的踪迹
伫立于山海工学团的旧址内
在陶行知"知行合一""爱满天下"的遗训前

나는 "사리사욕을 버리고 일편단심 학생들을 위한
다"는 그의 고결한 품성을 반추해봅니다

선현들의 발자취를 더듬어
옌양추(晏陽初)12)가 최초로 "빈곤 · 우매 · 쇠약 ·
사리(私利)"를 퇴치한 허베이(河北) 띵현(定縣)을
찾았습니다
격앙되지만 곤혹스러움을 감출 수 없는
자유분방한 선율 속에서
나는 독실한 기독교신자의 서민교육이라는
신념을 읽을 수 있었습니다

선현들의 발자취를 더듬어
후난(湖南) 농민운동강습소 옛터를 탐방했습니다
화목(花木)이 우거지고 청석(青石)을
깐 조용한 뜨락에서

나는 위대한 문헌을 읽고 숭고한
세례를 받았습니다

---

12) 옌양추 : 1920-30년대 중국의 향촌건설운동을 전개한 평민교육가

我再沐"捧着一颗心来，不带半根草去"
的万世清风

追寻先贤的踪迹
来到晏阳初医治"贫、愚、弱、私"的河北定县
在一首首激昂慷慨间难掩其
迷惘困惑的跌宕曲律中
我读出了这位虔诚基督徒平民教育的信念

追寻先贤的踪迹
探访湖南农民运动讲习所的原址
在花木扶疏、青石铺就的静谧院落里
我阅读伟人的文献，接受崇高的洗礼

追寻先贤的踪迹
走近了黄炎培、叶圣陶、陈鹤琴等人的身边

선현들의 발자취를 더듬어
황옌페이(黃炎培)[13] · 예썽타오(葉聖陶)[14]
· 천허친(陳鶴琴)[15] 등을 찾았습니다
앉으면 도리를 논하고, 일어나면 행동하는
실천적 학자들의 분투를 생각하며나는
중국 교육의 굴곡진 역사와 감추어져 있던
희망을 보았습니다

선현들의 발자취를 더듬다가
진흙탕 속에 파묻혀있던 집착과 노력
그리고 강인함에 감탄했습니다

---

13) 황옌페이 : 중국 혁명파의 중진이자 교육운동가

14) 예썽타오 : 이름은 사오쥔(紹鈞), 자는 성타오(聖陶). 장쑤 성(江蘇省) 쑤저우(蘇州) 사람. 중학교 졸업 후 초등학교 교사가 되었다. 1914년에 문언문(文言文)으로 소설을 쓰기 시작했고, 5 · 4운동 이후 백화문(白話文)을 사용하기 시작했다. 1921년 문학연구회의 발기인 중 한 사람이다. 1920년대에는 많은 단편소설을 써서 지식인과 소시민의 생활을 묘사했고, 잇달아 단편소설집 6종을 출판했다.

15) 천허친(陳鶴琴, 1892-1982) : 중국의 저명한 교육자이자 유아교육 전문가로 중국의 교육 문제를 지적하고 중국 상황에 맞는 유아교육을 실행하고자 노력하였다. 그는 이를 위해 1940년대 초, 활교육 이론을 처음으로 제시하고 스스로 유치원을 세워 그의 이론을 실험하였다. 그의 이러한 노력으로 활교육사상은 중국의 현대유아교육에 지대한 공헌을 하였다. 유아교육에 종사하는 사람들에게 이론과 실제가 관련되도록 했으며, 전통교육의 폐단을 개혁하고, 당시 중국의 유아교육이 서구화되어가는 경향에서 벗어나게 했다.

在这些坐而论道、
起而力行的实践型学者的奋斗中
我看到了中国教育曲折的历史与蕴藏的希望

追寻先贤的踪迹
感叹于泥泞里深埋的执着、努力和坚强

발자취의 끝자락엔 분명히 이상
그리고 격정과 시의(詩意)가 있었습니다
나는 영원히 쉬지 않고 저 신성한 먼 곳을
향해 걸음을 재촉할 것입니다

足迹的尽头分明是理想、
激情与诗意哟——
我会继续跋涉，永不停息，
朝着那神圣的远方

대가들의 가르침을 경청하며

5천년 문명의 혜택을 받으며
나는 교육 대가들 가까이로 다가가 봅니다
한우충동(汗牛充棟)[16) 전적(典籍)들 사이에 서서
그들의 지혜로운 가르침을 경청합니다

나는 공자를 경청합니다
사학의 효시가 된 "가르침에 있어서
차별을 두지 않는다" 는 말씀을
배움의 뜻을 널리 퍼뜨린 "타고난 본성은 서로 비슷
하지만, 습성에 따라 서로 멀어진다" 는 말씀을
역대 교사들을 이끈 "배움에 싫증 내지 않으며,
남을 가르치기를 게을리 하지 않는다" 는 말씀을

---

16) 한우충동 : 책이 매우 많음을 이르는 말로, 짐으로 실으면 소가 땀
   을 흘리고, 쌓으면 대들보에까지 미친다는 뜻에서 유래한 말

聆听大师的声音

沐浴着五千年的文明
我走近教育大师的身边
在汗牛充栋的典籍中间
我聆听他们智慧的声音

我聆听孔子
他的"有教无类"开创了私学的先河
他的"性近习远"张扬了学习的意蕴
他的"学而不厌，诲人不倦"
指引着历代教师前行

나는 「학기(學記)」[17]를 경청합니다
"백성을 교화하여 아름다운 풍속을 만들려면, 반드시 가르침을 거쳐야 한다"로부터 "나라를 세우고 백성을 다스리려면 학문을 가르치는 것이 선무(先務)"라는 말씀까지
"장점을 살려주고" "단점을 보완해준다"로부터 "가르침이 성공한 원인을 알고" "가르침이 실패한 원인을 알아야 한다"는 말씀까지
천 여자 밖에 안 되는 '뜻깊은 말'이 교육의 대의(大義)를 이끌어냈습니다

나는 한유(韓愈)[18]를 경청합니다
"학업은 부지런히 하면 능통해지고,
놀기 좋아하면 거칠어지며, 품행은 생각하는 데서 이루어지고, 따라하는 데서 허물어진다"
"스승은 도를 전수하고 학문을 가르치고 의혹을 풀어주는 사람이며, 제자라고 반드시 스승만 못한 것은 아니다"라는
이 한 편의 〈사설(師說)〉은 대대로 내려오며

---

17) 「학기(學記)」 : 4서5경 중 하나인 『예기(禮記)』의 첫장으로 「학기(學記)」편이라 한다
18) 한유(韓愈) : 중국 당(唐)의 유학자, 문장가. 자는 퇴지(退之), 당나라의 지배계급 내부에서 보수파의 족벌 호족과 개혁파의 신흥 서족(庶族) 사이에 격렬한 '당쟁'이 벌어지자, 그는 문필 활동을 통해 유종원(柳宗元) 등과 고문(古文) 부흥에 힘쓴 당송팔대가의 한 사람이다.

我聆听《学记》
从"化民成俗其必由学"到
"建国君民教学为先"
从"长善救失""教学相长"到"教之所由废"
"教之所由兴"
千余字的"微言"却道出了教育的"大义"

我聆听韩愈
他说:"业精于勤而荒于嬉,行成于思而毁于随"
他说:"师者传道授业解惑,弟子不必不如师"
一篇《师说》已成为历代多少教师的职业指南

수많은 교사들의 지침서가 되었습니다

나는 주희(朱熹)19)를 경청합니다
〈백록동(白鹿洞) 서원의 학칙〉은
고대 학교를 관리하는 조례가 되었다면,
〈주자 독서법〉은 아직도 그 운치를
자랑하고 있으며,
유명한 〈아호지변(鵝湖之辯)〉20)은
여전히 지식인들의 그리움으로 남아있습니다

나는 대가들을 경청하면서
과거(科擧)의 창립과 그 변천사를 알게 되었으며
서원의 특색과 기여를 알게 되었습니다
나는 유구한 교육 이념이 끊임없이 발전하고
보완되기를 간절히 바랍니다

---

19) 주희 : 중국 남송시대의 사상가. 주자학의 대성자. 주자는 존칭.
20) 아호지변 : 1175년 육구연(陸九淵)이 태극도설(太極圖說)로 대표되
   는 주희의 형이상학을 비판하자, 주희의 친구 여조겸(呂祖謙)이 두
   사람의 이견을 좁히기 위해 아호사(鵝湖寺)에서 모임을 주선하여
   벌어진 중국 철학사의 전설적인 논쟁.

我聆听朱熹
《白鹿洞书院学规》是古代学校管理的条例
《朱子读书法》至今不减当年的风韵
著名的"鹅湖之辩"仍然为知识分子们怀念

我聆听大师
我了解了科举的创立与变迁
我把握了书院的特色与贡献
我渴望：古老的教育思想能够不断发展，
历久弥新

독서의 힘

셰익스피어는
책은 전 인류의 영양제이다
책이 없는 삶은 햇빛 없는 세상과 같고
책이 없는 지혜는 날개 없는
새와 같다고 말했습니다

디킨슨[21]은
"한 권의 책을 능가하는 배는 없다
한 페이지를 뛰어넘는 한 줄의 시구처럼 사람을
먼 곳으로 데려다줄 말도 없다"
라고 말했습니다

---

21) 디킨슨(Dickinson, Emily Elizabeth, 1830~1886) : 미국의 여성 시
   인으로, 이미지즘에 크게 영향을 미치는 단시(短詩)들을 많이 남겼
   으나 죽은 뒤에야 시가 발표되어 명성을 얻었다. 1924년에 정본
   (定本)의 시집이 간행되었다.

阅读的力量

莎士比亚说
书籍是全世界的营养品
生活里没有书籍就好像没有阳光
智慧里没有书籍就好像鸟儿没有翅膀

狄金森说
没有一艘船能像一本书
也没有一匹马能像一页跳跃的诗行
把人带向远方

칼라일22)은
"책이라는 이 당대의 진정한 대학은
지나간 전체 영혼들이 가로누워서
우리를 반성하게 하는데,
이는 책의 가장 큰 역할이다"
라고 말했습니다

에디슨은
"책은 천재가 우리에게 남긴 유산이므로
대대로 전해야 한다
특히 아직 태어나지 않은 후대들에게 주는 선물이다
운동이 몸을 건강하게 만드는 것처럼
독서는 정신을 건강하게 만든다"
라고 말했습니다

에머슨23)은
"독서를 하다 훌륭한 생각과 만나면
심사숙고하게 된다.
진리와 만나면 심사숙고하게 되는 것처럼 말이다"
라고 말했습니다

---

22) 칼라일(Carlyle, Thomas, 1795~1881) : 영국의 사상가이자 교육자
   로 물질주의와 공리주의에 반대하여 인간 정신을 중시하는 이상
   주의를 제창하였다. 대표적인 저서에 《의상(衣裳) 철학》, 《프랑스
   혁명사》, 《과거와 현재》, 《영웅 숭배론》 등이 있다.

卡莱尔说
书籍，这所当代真正的大学
横卧着整个过去的灵魂
使我们做内心的反省，是她最主要的影响

爱迪生说
书籍，是天才留给人类的遗产世代相传
更是给予那些尚未出世的人的礼物
阅读之于精神，正如身体之于运动的力量

爱默生说
读书时
他愿在每一个美好思想的面前停留
就像在每一个真理面前停留一样

헤르젠[24]은
"책은 한 세대가 다음 세대에 남긴
정신적 유훈이며 임종을 앞둔 노인이
사회생활을 갓 시작한 젊은이에게 남긴
충고이자 설교이다" 라고 말했습니다

그렇습니다
훌륭한 책들은
그토록 신기롭고 은밀하며,
그토록 광대하고 심오하고 비범합니다
한 사람의 정신적 발달사는
곧 독서의 역사이기도 합니다
한 민족의 정신적 경지는
얼마나 많은 사람들이 독서에
관심이 있느냐에 달려 있습니다

---

23) 에머슨(Emerson, Ralph Waldo, 1803~1882) : 미국의 사상가이자
시인인 그는 청교도주의 및 독일 이상주의를 고취하여 미국의 사
상계에 영향을 끼쳤다. 저서에 ≪자연론≫, ≪에세이집≫, ≪위인
론(偉人論)≫ 등이 있다.

24) 알렉산드르 헤르젠(Aleksandr Herzen, 1812~1879) : 러시아의
언론인이자 정치사상가로 농민 인민주의(peasant populism)라는
이론을 창안하여 러시아에 독특한 사회주의 경로를 제시했다. 자
신의 활동을 연대순으로 기록한 회고록 〈나의 과거와 사상 My
Past and Thoughts〉(1861~67)은 러시아 산문 중 가장 훌륭한 작
품의 하나로 꼽힌다(논픽션 산문)

赫尔岑说
书是一代人对下一代精神上的遗训
是行将就木的老人
对刚刚开始生活的年轻人的忠告和宣讲

是啊
那些伟大的书籍
她是那样的诡秘、神奇
她是那样的博大、深邃、不同凡响
一个人的精神发育史
就是他的阅读史
一个民族的精神境界
取决于他有多少人把书本装在心房

독서를 권장하지 않는 학교는
참다운 교육이 있을 수 없습니다
아름다운 도시는
독서열이 뜨거운 도시입니다

책은 잠자는 숲속의 미녀처럼
도서관에 조용히 누워, 책꽂이에 살포시 기대어
우리가 품에 안아주기를 기다립니다
마음으로 껴안아주고 사상과 함께
해주기를 기다립니다

책은 좋은 친구처럼
가장 인내심이 많고 즐겁게 해주는 동반자입니다
독자와 평생을 함께하면서
진리와 예지로 길을 안내해주고 인도해줍니다

책은 인생의 가장 중요한 이정표입니다
우리에게 여기서 출발한 다음
그 위대한 영혼들을 뛰어넘어
인생에 피어나는 모든 것들을 포옹하게 합니다

一个没有阅读的学校
永远不可能有真正的教育
一个美丽的城市
一定有漫城飘溢的书香

书像睡美人
静静地躺在图书馆里，依偎在书架上
等待着我们怀着爱慕
用心灵相拥，用思想相伴

书像好朋友
是最有耐心和最令人愉快的伙伴
与读者终身相随
用真理为我们指路，用睿智为我们导航

书，是人生最重要的里程碑
让我们从这里出发
去穿越那些伟大的灵魂
去拥抱生命中每一次的绽放

교육은 사랑과 함께

나는 교육의 참뜻을 수없이 생각해 보았습니다
나는 교육의 뿌리를 여러 번 찾아보았습니다
세 노인의 말씀이 줄곧 나의 마음속에
메아리쳤습니다
샤미엔준(夏丏尊)25)은
"교육에 사랑이 없다는 것은
연못에 물이 없다는 것과 같다"
고 말했습니다
빙신(冰心)26)은
"사랑을 얻었다는 것은 모든 것을
얻은 거나 다름없다"
고 말했습니다
훠마오쩡(霍懋征)27)은
"사랑이 없다면 교육도 없다"
고 말했습니다

---

25) 샤미엔준(夏丏尊, 1886年~1946) : 번명은 샤주(夏鑄)이고, 자는
    미엔잔(勉旃)이었는데 후에 미엔준(丏尊)으로 고쳤다. 중국 근대의
    교육가, 산문가, 불교 거사이다.
26) 빙신(冰心, 1900~1999) : 본명은 셰왕인(謝婉瑩) 또는 셰빙신이
    고, 중국의 여성 작가이다.

让爱陪教育一起走

无数次，我思考教育的真谛
多少回，我探寻教育的源流
三位老人的话语，一直回响在我的心头
夏丏尊说，教育没有爱，就像池塘没有水
冰心说，有了爱，就有了一切
霍懋征说，没有爱，就没有教育

나는 마침내
교육은 사랑과 함께해야 한다는
한 가지 진리를 깨우쳤습니다

교육은 사랑과 함께해야 합니다
날로 따뜻해지고 붐비는 세계와 마주하고서
망망한 우주와 마주하고서
우리는 칸트의 별 하늘을 바라보며
철인의 말을 경청합니다
마음속 깊은 곳의 도덕률을 경청합니다
우리는 자연을 사랑하는 마음을
흰 구름과 푸른 하늘을 사랑하는 마음을
아이들의 자그마한 성냥갑 속에 채워 넣어야 합니다

교육은 사랑과 함께해야 합니다
서로 다른 종족, 서로 다른 국가와 마주하고서
서로 다른 언어, 서로 다른 피부색과 마주하고서
우리는 아이들 마음속에 사랑이라는
바벨탑을 쌓아놓아야 합니다
더는 초연이 휘날리는

---

27) 훠마오정(霍懋征, 1921~2010) : 산동성 지난시(济南市) 교육가의
지방에서 태어난 여성 교사이다. 베이징 사범대학 수학과를 졸업
하고 사범대학 제2부속 소학교(지금의 베이징 제2실험학교)에서
교사로 재직했다. 교학기간 중 성적이 매우 특출하여 1956년 최초
로 전국 최초특급교사그룹에 선정되었다.

我终于明白一个真理
——让爱陪教育一起走

让爱陪教育一起走
面对日益变暖愈发拥挤的世界
面对苍茫的宇宙
我们遥望康德的星空，聆听哲人的问说
内心深处的道德律令
将我们对自然的热爱
对蓝天白云的恋情
装进孩子们一个个小小的火柴盒

让爱陪教育一起走
面对不同的种族，不同的国度
面对不同的语言，不同的肤色
我们用爱在孩子的心中树起一座通天塔
祈祷硝烟不再，战争远离，没有争斗

전쟁도 투쟁도 없는 세상을 바라면서 말입니다
우리는 석자 교단에서 교편과 흑판으로
컴퓨터와 필묵으로
아이들의 마음에 전쟁과 평화의 경계에
폭력, 증오와 악행을 갈라놓는 가느다란
레드라인을 그어놓아야 합니다

교육은 사랑과 함께해야 합니다
민족국가의 깃발이 드높이 휘날리는 세상에서
미미해 보이는 하나하나의 교실이 모두
우리 애국의 수련장입니다
애국은 모든 공민이 마땅히 다해야 할 의무입니다
우리는 아이들에게 알려줘야 합니다
일찍이 태평성세를 누린 한나라와 당나라가 있었고
일찍이 예상(霓裳)[28]는 말.
이라고 부르는 우의(羽衣)가 있었으며
일찍이 대유(大儒)[29]라고 불리는 한 가지 정신이 있
었다는 것을
우리는 "국가가 나에게 무엇을 해줄 수 있느냐?"
는 물음을 던질 수도 있지만
우리는 먼저 "국가를 위해 무엇을 할 수 있느냐?"
는 물음을 던져야 합니다

---

28) 예상 : '무지개와 같이 아름다운 치마' 라는 뜻으로, 신선(神仙)의
    옷을 이르는 말.
29) 대유 : 학식(學識)이 아주 뛰어나고 훌륭한 유학자(儒學者)

我们用三尺讲坛，用教鞭黑板，用电脑笔墨
在孩子的心田，在战争与和平的边缘
拉出了一根细细的红线，隔离暴力、仇恨与恶

让爱陪教育一起走
在民族国家的旗帜高高飘扬的世界
每一个看似微小的课堂，都是我们爱国的道场
爱国，是每个公民应尽的义务
我们应该告诉孩子，曾经有一个时代叫汉唐
曾经有一件羽衣叫霓裳，曾经有一种精神叫大儒
我们既要问：国家能够为我做点什么？
我们更要问：我们能为国家做点什么？

교육은 사랑과 함께해야 합니다
고향의 양매(楊梅)[30], 고향의 인물,
고향의 풍토와 마주하고서
어머님의 기억, 웃어른의 무덤,
조상들의 풍속과 마주하고서
고향은 연줄이 되어 우리를 단단히
묶어놓고 있습니다
우리는 아이들을 격려해야 합니다
고향의 모습을 머릿속에 각인하라고
고향의 정을 마음속에 간직하라고
고향 사랑을 손바닥에 움켜쥐라고 말입니다
고향의 산과 물은 우리의 어린 시절 영양제였으므로
영원히 떨쳐버릴 수 없는 것이
고향에 대한 그리움입니다
우리는 근면과 땀방울로 고향에 보답해야 합니다

교육은 사랑과 함께해야 합니다
너와 그이든, 그와 그녀이든, 너와 나든
너희들과 그들이든, 그들과 우리들이든,
너희들과 우리들이든, 그 어떠한 그룹이든
인연으로 모였다면
우리는 학생들에게 성현들의
이런 유훈을 기억하게 해야 합니다
"세 사람이 길을 가면 반드시 나의 스승이 있다"

---

30) 양매 : 소귀나뭇과에 속한 상록 활엽 교목

108

让爱陪教育一起走
面对故乡的杨梅，故乡的人物，故乡的风土
面对母亲的记忆，长辈的坟茔，祖宗的风俗
家乡如一根风筝线把我们牢牢地系住
我们应该鼓励孩童，把故乡的景留在脑海
把故乡的情刻在心头，把对故乡的爱捧在手心窝
故乡的山水滋养了我们的童年，
甩不掉的永远是乡愁
我们要用勤劳和汗水滋养那一片故土

让爱陪教育一起走
无论是你和他，他和她，你和我
无论是你们和他们，他们和我们，你们和我们
无论什么样的组合，只有缘分让彼此聚合
我们让学生记住圣贤的遗训，"三人行必有我师"

"자기가 바라지 않는 일을 남에게
행하지 말아야 한다"
"벗이 먼 곳에서 찾아오면 매우 즐겁지 않겠는가"
우리 생명의 성냥으로 아무리 작은 공간일지라도
밝히려고 시도해봐야 합니다
우리에게 다가오는 모든 사람들을 이해와 관용
그리고 사랑을 느끼게 해야 합니다

교육은 사랑과 함께해야 합니다
예로부터 집과 나라는 떼어놓을 수 없었습니다,
집이 있어야 나라가 있으니까요,
집은 가장 작은 나라이고, 나라는 가장 큰 집입니다
집은 인생의 역참이고, 집은 삶의 항구이며,
집은 사랑의 원천입니다
집을 사랑해야 조국을 사랑할 수 있고,
집을 사랑해야 천하를 사랑할 수 있습니다
사랑은 아들딸의 속삭임이며,
우리가 출발할 때마다 격려해줍니다
사랑은 부모의 당부이며,
우리를 서로서로 걱정하게 합니다
부유함도 호화로움도 필요 없습니다
사랑이 있어야 만이 가장 행복한 집이 됩니다

"己所不欲勿施于人"，"有朋自远方来不亦乐乎"
应该尝试用我们生命的火柴，
划亮哪怕一厘米的空间
让每个接近过我们的人，都能感受到理解，
宽容，和爱的温度

让爱陪教育一起走
家国自古难分开，有家才有国，
家是最小国，国是最大家
家是人生的驿站，家是生活的港湾，家是爱的源头
爱家方能爱祖国，爱家才能爱天下
爱是儿女的呢喃，激励我们每一次的出发
爱是父母的叮嘱，令我们互相充满了牵挂
不需要多么富有和豪华
只要有爱，她就是我们最美的家

교육은 사랑과 함께해야 합니다
사랑은 교육을 더욱 밝게 만들고,
세상을 한결 다채롭게 만듭니다
사랑은 교육의 기호이자 비밀번호입니다
사랑은 바다처럼 넓은 아량을 가졌습니다
사랑은 마음마다에서
우러나오는 가장 진실한 언어입니다
사랑은 따뜻한 품으로서
우리를 서로 의지하게 합니다
사랑은 주는 것이기에 언제나 우리를 감동시킵니다
사랑이 넘쳐나는 세상은 우리의 영원한 바람입니다

让爱陪教育一起走

爱让教育更明亮，爱让世界更精彩

爱是教育的符号和密码

爱如大海有广阔的胸怀

爱是每一颗心灵最真诚的语言

爱是温暖的怀抱让我们彼此互相依赖

爱是付出让我们总有无限的感动

爱满天下大爱无疆是我们永远的期待

교육의 수렁에서 벗어나야

교육이 더는 무거운 화제가
아니기를 바랍니다
교육 경비가 더는 턱없이 부족하지 않고
교사들의 임금이 더는 그림의 떡이 아니며
모든 어린이들이 훌륭한 학교에서 공부하고
즐겁게 뛰놀기를 바랍니다

교육이 더는 무거운 화제가
아니기를 바랍니다
시험이 더는 운명을 좌지우지하는
마술 막대기가 되지 말고
점수가 더는 모든 것을 가늠하는 저울이 아니며
모든 학교에서 개성이라는 큰 깃발이
휘날리기를 바랍니다

走出教育的沼泽地

我希望，教育不再是一个沉重的话题

教育经费不再是杯水车薪

教师工资不再是画饼充饥

每个儿童都在美丽的校园学习、嬉戏

我希望，教育不再是一个沉重的话题

考试不再是主宰命运的魔棒

分数不再是评价一切的衡器

每个校园都有一面迎风招展的个性大旗

교육이 더는 무거운 화제가
아니기를 바랍니다
'가짜 사립학교'가 더는 교육의 정원에서
다투어 뽐내는 '진기한 꽃'이 아니고
학교에서 더는 고저와 귀천, 빈부와
우열이 있어서는 안 되며
교육 분야에 민주와 평등이라는 숨결이
출렁이기를 바랍니다

교육이 더는 무거운 화제가
아니기를 바랍니다
교육 논문이 더는 거짓말, 큰소리, 흰소리로
이루어지지 말고
교육 습작이 더는 개념이나 명사를 가지고
장난질하지 않으며
교육 연구가 교사들의 삶,
그리고 감정과 시의가
어우러지기를 바랍니다

我希望，教育不再是一个沉重的话题
"假民办"不再是教育花园中争妍的"奇葩"
学校不再有什么高低贵贱、贫富优劣
教育世界充满着民主、平等的气息

我希望，教育不再是一个沉重的话题
教育论文不再是假话大话空话的堆积
教育写作不再是玩弄概念名词的游戏
让教育科研融入教师的生活、情感和诗意

교육이 더는 무거운 화제가
아니기를 바랍니다
PC방이 더는 폭력의 놀이터가
되지 말아야 하고
컴퓨터가 더는 게임의
도구가 아니어야 하며
온라인교육이 방대한 정보를 제공하는
학습화 공동체가 되기를 바랍니다

교육이 더는 무거운 화제가
아니기를 바랍니다
교육이 더는 우왕좌왕하거나
막무가내식 탄식을 내뱉지 말고
교육이 더는 행보가
어렵거나 지난 이야기를
반복하지 않으며
교육이 질퍽거리는 수렁에서 벗어나
밝은 내일로
나아가기를 바랍니다

我希望，教育不再是一个沉重的话题
网吧不再是暴力的乐园
电脑不再是游戏的工具
网络教育将成为提供海量信息的学习化社区

我希望，教育不再是一个沉重的话题
教育不再彷徨犹豫，发出无奈的叹息
教育不再步履艰难，重复昨天的故事
教育将向着光明走出那泥泞的沼泽地

마음속 깊은 곳으로

20년 전 햇빛이 찬란했던 어느 날 오전
한 중년이 교실에서 심리학을 강의하고 있었습니다
— 어떤 사람은 서양문화를 입에 올리지 않으면,
　불안해할 뿐만 아니라 상심까지 합니다
— 벌과 나비가 담 너머로 날아가면,
　봄빛이 이웃집에만 넘쳐나는 것은 아닌지 의심하
　게 됩니다

20년 전 달빛이 흐르는 어느 날 저녁
한 젊은이가 교실에서 그의 인생 첫 악장을 적었습
니다
— 마음속 깊은 곳으로 다가갈 생각을 하고
— 종점이 없는 원양항해를 시작할 생각을 합니다

走进心灵的深处

二十年前，一个阳光灿烂的上午
一个中年人，在课堂里讲述心理学的故事
他说：言必称希腊，心中不平加悲伤
他说：蜂蝶过墙去，却疑春色在邻房

二十年前，一个月光如水的晚上
一个年轻人，在教室里写下他的第一乐章
他想，他要开始走进心灵的深处
他想，他要进行没有终点的远航

그래서 그는 대가들과 대화할 수 있게 되었습니다
판수(潘菽)[31] · 가오쉐푸(高覺敷)[32] · 류자오지(劉
兆吉)[33] · 옌궈차이(燕國材)[34]……
하나하나의 찬란한 이름들이 그에게 다가왔습니다
하나하나의 간곡한 부탁들이
그의 마음속에 새겨졌습니다

그래서 그는 등잔불 아래서 고서에
깊이 빠졌습니다
자료를 폭 넓게 모아 신중히 선별하며
미지의 세계를 탐구했습니다
그러다 그는 중국 역시 심리학의
고향이라는 것을 알아냈습니다
우리에게도 맑고 아름다운 봄 경치가
있다는 것을 알아냈습니다

---

31) 판수 : 1988년 사망, 중국과학원 심리연구소 연구원. 베이징대 학
   사, 인디애나대학 석사, 시카고대학 박사. 전고는 심리학.
32) 가오쉐푸(1896~1993) : 군중심리학을 전공한 중국 학자.
33) 류자오쥐(劉兆吉, 1913~2001) : 중국의 유명한 현대 교육심리학
   가 및 문예심리학가이다.
34) 옌궈차이(燕国材) : 중국심리학사, 교육심리학, 이론심리학, 교육이
   론연구 등에 종사했다. 35종의 저작물이 있고, 350여 편의 논문이
   있다.

于是，他与大师对话——
潘菽、高觉敷、刘兆吉、燕国材……
一个个灿烂的名字走到了他的身旁
一个个殷切的嘱托记在了他的心上

于是，他钻进故纸，青灯伴读
于是，他寻幽探秘，爬罗剔抉
他发现，中国也是心理学的故乡
他发现，我们也有那明媚的春光

그래서 그는 창업 팀에 합류했습니다
첫 논문집부터 첫 교재에 이르기까지
첫 세미나로부터 첫 수업 참고서에 이르기까지
그의 청춘, 그리고 지혜와 노력이
녹아들어 있었습니다

그는 바닷가에서 조개를 줍는 어린이처럼
오색영롱한 조가비를 감상함과 동시에
끝없이 펼쳐진 바다에 더욱 도취되어 있었습니다
그는 사람의 마음이 바다보다
더욱 넓다는 것을 알고 있었습니다

그래서 그는 마음속 깊은 곳으로 들어가
슬기로운 사람들의 목소리에
귀를 기울이는 방법을 익히게 되었고
마음의 궤적을 분별할 줄 알게 되었으며
돛을 올리고 심리의 바다를 향해
먼 여행을 떠나게 되었습니다

于是，他加入了创业的团队
从第一本论文集到第一本教材
从第一次研讨会到第一套教参
都融入了他的青春、智慧和力量

他像一个在海边拾贝的孩童
在欣赏五彩缤纷的贝壳的同时
更陶醉于那一望无际的海洋
他知道，人的心灵比海洋更加宽广

于是，他走进了心灵深处
他学会了倾听智者的声音
他懂得了辨析心灵的轨迹
他扬起风帆开始了心理海洋的远航

담론과 침묵

아주 오래 전에
공자님이 훈시를 주었습니다
"군자는 말에는 더듬거리더라도
행동에는 민첩하고자 해야 한다"
따라서
"말은 삼가고 많이 행하라"
는 조언이 한 가지 지침으로 되었습니다

아주 어릴 적에
어른들이 간곡히 당부했습니다
"사람은 입은 하나지만 귀는 두 개이다."
그래서
"침묵은 금" 이라는 말을 늘
마음에 새기고 살았습니다

沉默与言说

很多、很多年以前
孔夫子告诫——
"君子欲讷于言而敏于行"
于是，"少说多做"成为一道命令

很小、很小的时候
长辈们叮咛——
人只有一张嘴而有两只耳朵
于是，"沉默是金"时时铭记在心

훗날 나는 침묵에 익숙해지면서
입을 열기 꺼려했을 뿐더러
자기 생각을 드러낼 줄도 몰랐습니다
부모의 말이 곧 최고의 뜻이었고
스승의 말이 곧 무상의 법이었습니다

그들의 말을 공손히 듣는 외에는
선택의 여지가 없었고
수수방관하면서 모든 사람과
충돌하지 않고 지내려 했습니다
우리 마음의 세계에는
침묵이라는, 평온이라는 요새가 있습니다

봄이어도 뭇 새들의 지저귐
소리를 들을 수 없었고
여름이어도 청명한 매미의 울음소리를
들을 수 없었습니다
우리 마음의 들판에는
침묵이 하나 밖에 없는 풍경이 되었습니다

사실 생명은 더 많은 풍경이 필요하며
노랫소리가 저 멀리 하늘가로
울려 퍼지게 할 필요가 있습니다

后来，我们便学会了沉默
不敢言说，也不会表达
父母的话就是最高意志
师长的话就是无上律令

除了聆听，似乎没有选择
袖手旁观，一切相安无事
在我们心灵的世界中
有一座城堡，叫作沉默，叫作平静

春天，没有百鸟的歌唱
夏日，没有知了的清鸣
在我们心灵的原野上
沉默，成为唯一的风景

其实，生命需要更多风景
需要歌声飞向遥远的天边

이 세상은 소통이 보다 필요하며
언어로 밝은 빛을 흩뿌릴 필요가 있습니다

담론은 사색의 발단입니다
말을 잘하려면 사색을 잘해야 합니다
담론은 이해의 다리이며
소통에 능숙해야 어둠의 장애물을
제거할 수 있습니다

담론은 생명의 권리입니다
우리가 어떻게 표현의 권리, 대화와 교류의
권리를 포기할 수 있겠습니까
담론 또한 생명에 대한 책임입니다
날카롭고 격렬하게 논쟁할 줄 알아야
촌철살인을 할 수 있습니다

그렇다면
담론을 어린이들에게 돌려줘야 합니다
교실을 학생들에게 돌려줘야 합니다
그들이 담론을 통하여 논박하고
노래하고 마음을 내려놓는 것을
배우게 해야 합니다

这个世界更需要沟通
需要用语言来播撒光明

言说是思考的开始
说得精彩必须思考得精彩
言说是理解的桥梁
善于沟通才能消弭阴霾

言说是生命的权利
岂能够放弃我们的表达、对话和交流
言说也是生命的责任
有唇枪舌剑，才享快意恩仇刀光剑影

那么
把言说还给孩子
把课堂还给学生
让他们在言说中学会抨击与歌唱，学会放飞心灵

그렇다면
담론을 서민들에게 돌려줘야 합니다
진솔함으로 개성을 빚어 만들게 해야 합니다
그들이 담론을 통하여 자아를 표현하고
꿈을 표현하며
정의를 추구하고 공평을 추구하게 해야 합니다

나의 담론이
미묘한 노래나 읊조림은 아니어도
뭇 새가 지저귀며 화창한 바람이 부는
가운데 아침햇살을 맞으며
나의 꿈을 낭만과 진정이라는 교향곡
속에서 동트는 하늘에 바쳤습니다

那么
把言说还给平民
用坦诚塑造个性
让他们在言说中表达自我与梦想，
追求正义与公平

我的言说
算不上是一种美妙的歌吟
在百鸟和风的晨曦中
在浪漫与真情的交响里，我的梦想交给了黎明

작은 바람

나는 다만
어린 사과나무 한 그루를 가지고 싶었을 뿐인데
당신은 나에게
과수원 전체를 주었습니다

나는 다만
하얀 구름 한 송이를 가지고 싶었을 뿐인데
당신은 나에게
하늘을 통째로 주었습니다

나는 다만
반 마지기 땅을 가지고 싶었을 뿐인데
당신은 나에게
온 세상을 주었습니다

小小的心眼

本来，我只想
要一棵小小的苹果树
你却给了我
整个的果园

本来，我只想
要一朵白色的云彩
你却给了我
整个的天空

本来，我只想
要一方半亩的土地
你却给了我
整个的世界

나는 다만
제대로 된 교실 한 칸을 가지고 싶었을 뿐인데
당신은 나에게
교정을 몽땅 주었습니다

나에게는 다만
작은 바람이 있었을 뿐인데
당신은 나에게
세상에서 가장 무진장한 감로수를
 찾아내게 했습니다

삶이 나에게 이렇듯 관대하니
생명이 나에게 이렇듯 후한 선물을 주니
소소하던 나의 바람에
모든 생령을 온전한 행복을 누리게 하고 싶다는
커다란 교육의 꿈을 가지게 되었습니다

本来，我只想
要一间完美的教室
你却给了我
整个的校园

本来，我只有
一个小小的心眼
你却让我
掘出了世界上最富有的甘泉

生活对我如此慷慨
生命对我如此馈赠
一个小小的心眼
从此有了一个大大的教育梦想
让所有的生命幸福完整

교정의 파수꾼

나는 교정의 파수꾼이 되고 싶습니다
아이들의 마음을 지켜 주는 파수꾼이 되고 싶습니다
봄날의 단비에 미역을 감고 가을이면
황금의 열매를 거둘 수 있게 말입니다
악을 억누를 때는 겨울처럼 냉혹하고
선을 권장할 때는 여름처럼
열렬할 수 있게 말입니다

나는 교정의 파수꾼이 되고 싶습니다
아이들의 지혜를 지켜 주는 파수꾼이 되고 싶습니다
독서를 즐기고 질의에 능하며 사고에
숙달된 사람이 되게 말입니다
인류의 숭고한 정신과 대화하면서
자기의 꿈을 더욱 크게 펼치게 말입니다

校园里的守望者

我愿意做一个校园里的守望者
我守望孩子的心灵
我要让他们浸润春的甘霖、收获秋的黄金
在抑恶扬善中具有冬的冷酷、夏的热情

我愿意做一个校园里的守望者
我守望孩子的智慧
我要让他们善于阅读、长于发问、精于思考
在与人类崇高精神的对话中升华自己的理想

나는 교정의 파수꾼이 되고 싶습니다
아이들의 감정을 지켜 주는 파수꾼이 되고 싶습니다
삶을 사랑하고 생명을 존중하며 자연을
소중히 여기는 사람으로 될 수 있게 말입니다
이상을 추구하고 자아를 초월하면서 개성을 살리고
격정을 발산할 수 있게 말입니다

나는 교정의 파수꾼이 되고 싶습니다
아이들의 뜻을 지켜 주는 파수꾼 말입니다
유혹을 물리치고 와신상담하고
견인불발(堅忍不拔)[35]할 수 있게 말입니다
어려움에 봉착해도 좌절과 도전에 봉착해도
미소를 지으며 앞으로 나아갈 수 있게 말입니다

나는 교정의 파수꾼이 되고 싶습니다
아이들의 교제를 지켜 주는 파수꾼이 되고 싶습니다
남을 존중할 줄 알고
역지사지(易地思之)[36]할 줄 알며,
자기주장을 할 줄 알게 말입니다
경쟁과 협력이라는 모진 물결 속에서,
풍랑을 헤쳐 나아가며 노래하면서
맹진(猛進)할 수 있게 말입니다

---

35) 견인불발 : 굳게 참고 견뎌서 마음이 흔들리지 않음
36) 역지사지 : 남과 처지를 바꾸어서 생각하는 것

我愿意做一个校园里的守望者
我守望孩子的情感
我要让他们热爱生活、善待生命、珍惜自然
在追求理想、超越自我中张扬个性、释放激情

我愿意做一个校园里的守望者
我守望孩子的意志
我要让他们抵制诱惑、坚忍不拔、卧薪尝胆
在困难、挫折与挑战面前微笑地前行

我愿意做一个校园里的守望者
我守望孩子的交际
我要让他们学会尊重、懂得换位、拥有知己
在竞争与合作的大潮中搏击风浪、高歌猛进

나는 교정의 파수꾼이 되고 싶습니다
『호밀밭의 파수꾼』[37]낭떠러지에 서서
깊은 나락으로 떨어질 수 있는
아이들을 언제든지 지켜낼 수 있게 말입니다

---

37) 『호밀밭의 파수꾼』: 1951년 발표된 제롬 데이비드 샐린저의 소설.
  미국을 대표하는 현대 소설 중 하나다

我愿意做一个校园里的守望者
我要像霍尔顿一样
站在那悬崖边上
随时拦住每一个冲向深渊的孩子

나는 교사입니다

교사는 원예사가 아닙니다
교사 자체가 한 송이 꽃이기 때문입니다
교육은 교사와 학생이
서로 작용하는 과정입니다

교사는 촛불이 아닙니다
교사는 희생되어 재가 되어서는 안 되며
이런 희생을 통하여 학생들을
비추려 해서도 안 됩니다

교사는 봄누에가 아닙니다
교사의 제자리걸음은
자승자박이 될 수 있습니다
마음은 철 따라 성장합니다

我是教师

教师，不是园丁
教师本身应该是一朵花儿
教育是师生互相作用的过程

教师，不是蜡烛
教师不能牺牲为灰烬
以此去照亮自己的学生

教师，不是春蚕
教师的故步自封才会作茧自缚
心灵的成长来自每个季节

교사는 인류 영혼의 엔지니어가 아닙니다
기계적인 영혼은 이 세상에 없으므로
어떤 한 가지 기술로 마음대로
고쳐 만들 수는 없습니다

교사는 교사일 뿐입니다
학생들과 서로 의지하는 생명일 뿐입니다
교사는 교사일 뿐입니다
날마다 신성함과 평범함을 오가면서 말입니다

나는 교사입니다
위인과 죄인
둘 다 만들 수 있으므로
살얼음판을 걷는 듯한 기분입니다

나는 교사입니다
마음속에 희로애락이 소용돌이치고 있습니다
칠판은 아득히 넓고
서 있는 석자 교단에 뿌리를 내렸습니다

教师，不是人类灵魂工程师
没有谁的灵魂是机器
能用某种工艺任意修理完成

教师就是教师
与学生是互相依赖的生命
教师就是教师
每天都在神圣与平凡中穿行

我是教师
伟人和罪人
都可能在我这里形成
让人如履薄冰

我是教师
心底里喜怒哀乐翻滚
黑板上天高地远开阔
脚板下三尺讲台扎根

나는 교사입니다
한 가지 직업입니다
나아가 지향적인 사업입니다

나는 교사입니다
하나의 직책입니다
나아가 하나의 사명입니다

나는 교사입니다
시간은 서서히 모습을 드러냅니다
결국은 타고난 운명이었습니다

나는 교사입니다
현재로써 미래를 증명하며
생명을 온전하고 행복하게 만들어 가렵니다

我是教师
这是一份职业
更是一个志业

我是教师
这是一份职责
更是一种使命

我是教师
时光缓缓显形
终见此生天命

我是教师
以现在求证未来
让生命幸福完整

꼬마 독서광

나는 꼬마 독서광이에요
책은 한 마리 준마(駿馬)가 되어
나를 먼 곳으로 데려다 줘요

나는 꼬마 독서광이에요
책은 친구가 되어
나와 함께 자라나요

수많은 보물을 얻었다 해도
책 속의 이야기와는 비길 수가 없어요
책 속에는 영웅과 꿈이 있으니까요

수많은 집을 가졌다 해도
책 속의 세상과는 비길 수가 없어요
넓은 세상에서 꿈을 좇아 내 맘대로
날 수 있으니까요

小小读书郎

我是小小读书郎
书籍像一匹骏马
把我带向远方

我是小小读书郎
书籍像一位朋友
与我相伴成长

拥有无数的珍宝
抵不过书里的故事
那里讲述着英雄与梦想

拥有许多的房子
抵不过书里的世界
辽阔天地任我追逐飞翔

나는 꼬마 독서광이에요
책은 둥근 해님이 되어
나의 마음을 따뜻하게 해줘요

나는 꼬마 독서광이에요
책은 조각달이 되어
밤이 긴 줄을 모르게 해요

아름다운 풍경을 수없이 보았다 해도
책 속의 풍경과는 비길 수가 없어요
산이든 강이든, 별이든 바다든
내 맘대로 거닐 수 있으니까요

많은 인물을 만나보았다 해도
책 속의 군상들과는 비길 수가 없어요
책 속에는 별의별 인물이 다 있으니까요

나는 꼬마 독서광이에요
책은 한 톨의 씨앗이 되어
내 마음 속에 한 그루 큰 나무로 자라나요

我是小小读书郎
书籍像一轮太阳
温暖我的心房

我是小小读书郎
书籍像一弯月亮
黑夜从此不再漫长

看过无数美景
抵不过书中的风光
江河山川星辰大海任我游荡

见过许多人物
抵不过书中的群像
赵钱孙李约翰田中四面八方

我是小小读书郎
书籍像一粒种子
在心中长成大树模样

나는 꼬마 독서광이에요
책은 거울이 되어
인성의 어두운 면과 밝은 면을 비춰줘요

산해진미를 많이 맛보았다 해도
책 속의 미식과는 비길 수가 없어요
책 속에는 별의별 맛의 진수성찬이 다 있으니까요

칠현금 소리와 교향곡을 수없이 들었다 해도
책 속의 소리와는 비길 수가 없어요
책 속에는 온갖 아름다운 소리가
다 들어있으니까요

나는 꼬마 독서광이에요
책은 열쇠가 되어
나를 도와 지혜의 보물고를 열어주어요

나는 꼬마 독서광이에요
책은 등불이 되어
나의 인생길을 밝혀줘요

我是小小读书郎
书籍像一面镜子
照映出人性的阴暗与光芒

尝过许多山珍海味
抵不过书里的美食
那里的珍馐香甜软糯麻辣鲜香

听过无数古琴交响
抵不过书里的声音
那里的美乐高山流水余音绕梁

我是小小读书郎
书籍像一把钥匙
帮我打开智慧的宝藏

我是小小读书郎
书籍像一盏明灯
为我指引人生的方向

여명과 함께 기지개를 켜며
매일 아침 울려 퍼지는 낭랑한 책 읽는 소리
인생을 아름다운 시구로 엮어가요

저녁노을과 함께 나래를 저으며
성찰을 할 때마다 얻는 것이 많아
자신의 삶에 무궁한 힘을 보태줘요

나는 꼬마 독서광이에요
책은 명약이 되어
사악한 생각일랑 버리고 건강한 정신을 갖게 해요

나는 꼬마 독서광이에요
책은 계단이 되어
나를 쉬지 않고 이상의 봉우리에 오르게 해요

엄마의 품에 안기어
《엄마, 사랑해요 아빠, 사랑해요》를
따라 읽을 때가
나의 어린 시절 중 가장 행복한 시간이었어요

与黎明共舞
每一天的晨诵书声琅琅
把自己的人生编织成美丽的诗行

与晚霞齐飞
每一次的暮省收获满满
为自己的生活增添无穷的力量

我是小小读书郎
书籍像一方良药
让我摆脱心魔永葆精神健康

我是小小读书郎
书籍像一个阶梯
载我不断攀登抵达理想峰峦

依偎在妈妈的怀抱里
共读《我爱妈妈我爱爸爸》
是我童年最幸福的时光

아빠의 무릎 위에 얌전히 앉아
"옛날 어떤 산속에 절이 있었는데......"
라는 이야기를 듣던 때가
나에게는 가장 아름다운 추억이지요

나는 꼬마 독서광이에요
책은 천평칭(天平秤, 저울)이 되어
내가 흘리는 땀 방울방울을 저울질해요

나는 꼬마 독서광이에요
책은 잣대가 되어
내가 내딛는 걸음걸음을 가늠해요

나는 책을 즐겨 읽어요
나도 한 권의 큰 책으로 살고 싶어요
나를 하나의 전설적 이야기로 만들고 싶어요

나는 책을 즐겨 읽어요
나는 책을 인생의 마지막 순간까지 읽고 싶어요
책과 함께 오래오래 살고 싶어요

端坐在爸爸的膝盖上
聆听"从前有座山山上有个庙"
是我记忆最美好的回放

我是小小读书郎
书籍像一架天平
衡度着我奋斗的每一个重量

我是小小读书郎
书籍像一把尺子
丈量着我迈出的每一个步行

我爱读书
我愿意自己也活成一本大书
把自己写成一部传奇

我爱读书
我愿意读书到生命最后一刻
让书籍陪我到地老天荒

갑자(甲子) 공화국은
한창 청춘(외 1수)

달도 둥글고 꿈도 둥글고 만사가 형통하니
나라도 흥하고 집안도 흥하고
교육도 흥하네.
흔치 않은 쉰둘 인생
갑자 공화국은 한창 청춘시절이라네.

甲子共和正青春（外一首）

月圆梦圆事事圆，
国兴家兴教育兴.
五二人生来无多，
甲子共和正青春.

어려운 시국은 군영(群英)³⁸⁾에 의지해야 타개할 수 있다네

그 누가 대보름날 밝힌 꽃등이 드물다고 했나
백성들 마음속을 환히 밝히고 있거늘.
다사다난해도 나라를 흥하게 하려는
백성들 마음,
시운이 불길하니 전염병까지 무정하네.
국력을 강화하라 일깨우는 호루라기 소리,
중지(衆志)를 모아 태평세월 지켜나가세.
요기(妖氣)를 소탕하고 결국에는 승리할걸세
어려운 시국은 군영(群英)에 의지해야 타개
할 수 있다네.

- 2020년 2월 8일 정월 대보름날,
쉬펑(徐鋒) 선생의 운(韻)에 맞춰

---

38) 군영(群英) : 많은 뛰어난 인물들

时艰共克赖群英

谁言元夜少花灯，
百姓心头朗照明。
多难兴邦民有意，
流年不利疫无情.
哨声吹醒强国力，
众志凝成保升平.
扫荡妖氛终必胜，
时艰共克赖群英.

———2020.02.08 元宵节，
步徐锋先生原韵.

2007년 새해를 맞으며 1

인생이 어느덧 반백에 이르렀네,
언뜻 돌아보니 귀밑머리도 희끗희끗.
뜬구름처럼 흘러간 변화무쌍한 세월,
교편을 잡던 추억만이 오롯이 남아있네.
(50세 감회)

2007 年感怀之一

人生匆匆已半百，
蓦然回首双鬓白.
世事沉浮过眼云，
唯有教育难忘怀.
（五十感怀）

2007년 새해를 맞으며 2

교정에 채색 깃발 나부낀다 해도
아이들 얼굴에는 웃음꽃 사라졌네.
낭랑한 글 읽는 소리는 시험을 위해서일뿐,
어찌 한가히 놀 틈이 있으랴.
한여름 밤에는 촛불 켜 공부하고
가을에는 우수에 잠겨 진흙길을 걸었다네.
인생은 어느덧 반백이 되었어도
동심은 아직도 꿈속에서 떠도네.
(병진[丙辰]날 형 생일 감회에 젖어)

2007 年感怀之二

校园纵然舞彩旗，
笑靥不再伴孩提.
琅琅书声为考试，
哪有闲情去射鹂.
夏夜苦读秉烛火，
秋日愁思走丸泥.
人生匆匆五十载，
童心仍为梦痴迷.
（永新醉酒中和丙辰兄生日感怀）

2009년 새해를 맞으며

세월은 쏜살같이 흐르나
만사가 여유로워 목 놓아 노래 부르네.
타향 연경(燕京)에서 사우(師友)들을
떠올리니
그리움이 물결처럼 일렁거리네.

2009 年新年感怀诗

光阴似箭日如梭，
万事从容且放歌．
身寄燕京念师友，
片语传情思似波．

2010년 새해를 맞으며

'펑-펑' 폭죽 소리 여정을 재촉하고,
옛 친구 새 친구 서로를 부추겨주네.
세월은 늙어도 정은 늙지 않아
그리움을 오호(五湖)[39]에 부쳐 보내네.

---

39) 오호(五湖) : 온 세상을 가리킴

2010 年新年感怀诗

爆竹声声催征途，
旧友新朋相携扶．
岁月易老情不老，
且寄思念到五湖．

2011년 새해를 맞으며

소가 밭갈이하는 동안 봄 경치나 즐겨보세
범(虎)이 구름 위를 날아오르니
모두들 우러러 본다네.
원야(原野)에서 황무지를 개간하는데
익숙해졌으니
비바람 맞으며 농사를 지어도
후회는 없다네.

2011 年新年感怀诗

牛犁翻浪趁春光，
虎翼腾云喜众骧.
风雨躬耕心未悔，
惯于原野拓新荒.

2012년 새해를 맞으며

옥토끼가 월궁(月宮)에 돌아가니
교룡(蛟龍)이 나타났네
꿈을 쫓다보니 어느새 한해가
또 저물었구려.
어려워서 포기하겠다고 말한 적이 있었던가
벗들과 즐겁게 술 한 잔 나누고 갈 길을
재촉하네.

2012 年新年感怀诗

兔归蟾府蛟龙出，
追梦不觉岁又暮.
何曾因难轻言弃，
高朋庆酒催行路.

2013년 새해를 맞으며

십년 동안 등불을 밝혀도 싫증 낸 적 없고
용해가 저물고 뱀해가 밝으니
봄이 기지개를 켜네.
소슬한 가을이 여름을 멀리 떠나보낼 때면
알알이 익은 홍시 정원을 붉게 물들이리.

2013 年新年感怀诗

十年点灯未曾倦，
天龙地蛇春渐喧.
瑟瑟秋送夏远时，
盏盏柿红又满园.

2014년 새해를 맞으며

흰 뱀이 춤을 추며 태평세월을 연모하니
준마가 봄을 좇아 달려오네.
별을 닦으면서 먼지를 원망할
필요가 있을까?
굳은 의지로 교단에 서서 꿈을 쌓아간다네.

2014 年新年感怀诗

银蛇漫舞恋安泰，
骏马驰骋逐春来.
擦星何须怨浮尘？
筑梦杏坛冰心在.

2015년 새해를 맞으며

말발굽 소리 멀어지고 양 울음소리
가까이서 들린다.
서리 내린 귀밑머리에 충성심 비껴 있네.
복숭아 자두는 말이 없어도
그 향기 넘쳐흐르고
지혜와 힘을 모아 또다시 길 떠나네.

2015 年新年感怀诗

马蹄声远羊咩近，
霜染双鬓映丹心.
桃李不言芬芳溢，
集智聚力又一程.

2016년 새해를 맞으며

비바람 속에 양 울음소리 멀어지고
부흥의 길에 손오공이 응원하네.
불경을 구하는데 여의봉이 왜 필요한가?
충성심 하나로 지칠 줄을 모른다네.

2016 年新年感怀诗

风雨兼程羊咩远，
复兴路上大圣援.
取经何需金箍棒，
丹心一片不言倦.

2017년 새해를 맞으며

원숭이해라 후행자(猴行者)는
게으름 부릴 염두도 못 내는데
금계(金鷄)가 '꼬끼오~' 하고
울면서 봄을 알리네.
독서가 원대한 꿈을 이루게 할 수 있다고
믿고
그 꿈을 찾아 16년 세월을 헤매었다네.

2017 年新年感怀诗

申猴行者未敢怠，
金鸡报晓唤春来．
书香致知行致远，
痴心追梦十六载．

2018 년 새해를 맞으며

금계 울음소리 그치자 개 짖는
소리가 들린다.
개띠인 내가 또 개띠 해를 맞이했네.
걸어온 길 돌아봐도 후회는 없지만,
초심을 잃지 않고 새로운 한해 시작하세.

2018 年新年感怀诗

金鸡鸣罢犬声临，
又是一轮本命年.
回望来路应无悔，
再踏新程铭初心.

2019년 새해를 맞으며

견공이 상서로운 구름 찾아 떠나자
돼지가 새해를 축하하며 문을 두드리네.
아침에 기상하여 시문을 읊고
저녁 무렵에 서재를 거닐었네.
꿈을 좇은 지 어느덧 18년 세월
하지만 피곤한 적은 한 번도 없었다네.
즐거운 마음으로 교단에서 땀을 쏟으며
손잡고 미래를 열어나가세.

2019 年新年感怀诗

犬追祥云去，猪拱福门来.
朝起吟诗文，暮临徉书海.
追梦十八载，未有半分倦.
杏坛耕耘乐，携手向未来.

2020년 새해를 맞으며

쥐가 돼지에게서 바통을 넘겨받으니
한 살배기 홍매가 피어나네.
이 늙은이 회갑이 지났어도
늘 새로운 꿈이 감돈다네.
어린 시절에는 넓은 세상 꿈꾸었고
성년이 되어서는 교단에 몸담았네.
꾸준히 달려온 밝고 넓은 길
초심 하나로 내일을 맞이하세.

2020 年新年感怀诗

金鼠接豕至,
红梅一岁开.
老童逢甲子,
新梦总萦怀.
少小思逾海,
盛年筑杏台.
孜孜明大道,
初心向未来.

2021년 새해를 맞으며

쥐가 떠나자 소가 행운을 싣고 오니
홍매가 눈 속에서 의연(毅然)히 미소 짓네.
젊은 시절 웅대한 포부 남아있어
봄바람에 마음 한가득 설레이네.

2021 年新年感怀诗

鼠去金牛献瑞来,
红梅傲雪笑颜开.
壮心未减青春志,
唤取东风情满怀.

2022년 새해를 맞으며

군산의 호랑이 울부짖는 소리
서둘러 밀물과 썰물 휘감아 올리고
기름진 들판에 소 몰아 밭 갈려면
부지런해야 한다네.
교육의 꽃은 꿈이 있어 피어나고
실천을 통한 인식의 길 위에 오색 깃발 휘날리네.

2022年新年感怀诗

群山虎啸卷潮急，
沃野牛耕自奋蹄.
教育花开因有梦，
行知路上展旌旗.

2023년 새해를 맞으며

호랑이가 험준한 요새 뛰어넘어
역신(疫神) 쫓아내고
토끼가 월궁에서 뛰쳐나오니 새봄이 찾아왔네.
동풍을 빌어 새로운 날개 퍼덕이며
진정과 충성을 담아 세상을 그려가세.

2023年新年感怀诗

虎越雄关驱瘟神，
兔出蟾宫又一春.
好趁东风新鼓翼，
披肝沥胆绘乾坤.

2024년 새해를 맞으며

즐거운 마음으로 용의 해 맞이하니
온 세상 생기 넘치네
꽃다운 시절에는 초심 지키기가 어려웠건만......
덧없는 세월일지언정 늙는 줄 모르고
영구적인 위대한 사업에만 긴 읊조림 되뇌네.

2024年新年感怀诗

喜入龙年满目春,
韶华难负守初心……
蹉跎岁月不知老,
大业千秋宜长吟.

역자 후기

　"한국 발전의 원동력은 교육이다"라는 말은 이미 세계적으로 회자되고 있는 말이다. 아무리 어려운 상황이라도 자식들 교육에는 온 몸을 희생하면서까지 뒷바라지하며 가르치려 했던 한국인들 교육열의 결과라고 여겨진다, 그러나 이러한 한국의 교육은 21세기에 들어서면서 완전히 변하고 말았다. 교육이 지향하는 근본적인 목표가 완전히 달라져 '군사부일체(君師父一體)' 라는 말이 사라진지 이미 30여 년이나 되었기 때문이다.

　그것은 한마디로 교육 정책을 주관하는 정부 정책에서 비롯되었다고 할 수 있다. '학생인권' 만을 주장하며 인기몰이에만 급급하던 소위 민주정부 교육정책의 결과라고 아니할 수 없다. '학생인권' 을 보장하기 전에 학생들에게 "인권이 무엇인지?", 그런 인권을 보장하기 위해서는 "어떤 사회적 절충이 필요한지?"를 먼저 고민했어야 하는 것이 교육정책을 담당하는 자들의 의무임에도 불구하고, 성장해야 할 동심에게 영웅심만 부추겨주는 꼴이 되었기 때문이다. 이러한 상황은 한국의 교육자들에게 극심한 피로감과 허탈감을 제공하게 되었고, 그저 살기 위한 직업인으로서의 교육자를 만들어 교육자로서 책임져야 할 의무감 없는 교육이 행해질 수밖에 없게 하였기 때문이다. 최근 들어 이러한 교육계에 새로운 바람을 일으키려는 여론 및 단체들이 일부 나타나고는 있지만, 아직은 요원한 상황이다.

이러한 상황에서 우리가 눈여겨 볼만한 '신교육' 바람이 이웃나라인 중국에서 불고 있다는 점은 우리의 관심을 끌기에 충분하다. 그 대표인물이 중국 '신교육'의 발기인인 주용신(朱永新) 선생이다. 그는 교육자로서 자신의 교육사상을 중국의 대지에 더욱 큰 영향을 주기 위해 '신교육' 개혁운동을 부르짖고 있다.

그가 주창하는 신교육의 핵심 내용은 "행복하고 완전히 갖춰진 교육생활"을 하는 것이다. 그 주요 이념은 "중국 학생들의 생존환경을 이상낙원으로 만드는 것", "교사들에게 교류의 장을 만들어 마음껏

발전할 수 있는 이상적인 무대를 만들어 주는 것", "교육의 질을 높일 수 있는 환경을 만드는 것", " '신 교육공동체'를 만들어 교육의 성장을 위한 정신적 공동조직을 만드는 것" 등 네 가지로 집약할 수 있다.

이를 성사시키기 위한 방법으로 그는 독서와 습작을 강조한다. 교사·학생·부모 등 전 국민이 독서를 통해 국민의 소질이 제고되어야만 이러한 바람이 이루어질 수 있는 무대가 만들어 진다는 것이 그의 생각이다.

이 시집은 바로 이러한 그의 교육사상을 집약시켜 그 사상을 형상화시켜 놓은 책이라 할 수 있다. 즉 그가 말한 "교육이란 한 편의 시이다"라는 의미 속에는 교육에 대한 모든 문제가 지적되어 있고, 동시에 그에 대한 해답이 모두 포함되어 있는 것이다. 마치 시를 쓰기 위해서는 엄청난 책을 읽어야 하고, 수없이 많은 습작을 해야만 한편의 시가 만들어지는 것과 같은 맥락에서의 말이라 할 수 있다.

독서의 중요성은 우리 한국에서도 이미 널리 주장되어 왔고, 이를 위한 여러 조치도 취해져 왔기에 생소한 말은 아니다. 다만 그것이 지속될 수 있도록 분위기를 조성하는 일이 중요한데, 그런 일을 하는 사람이 바로 주용신 선생인 것이다.

이 『교육 시집』이 한국의 모든 독자들에게 읽혀져 한국에서도 '신교육'에 대한 열풍이 일어났으면 하는 바람이다.